Os Piratas Fantasmas

WILLIAM HOPE HODGSON

OS PIRATAS FANTASMAS

Tradução
Lívia Koeppl

Principis

Esta é uma publicação Principis, selo exclusivo da Ciranda Cultural
© 2024 Ciranda Cultural Editora e Distribuidora Ltda.

Traduzido do original em inglês
The ghosts pirates

Texto
William Hope Hodgson

Tradução
Lívia Koeppl

Preparação de textos
Walter G. Sagardoy

Revisão
Maitê Ribeiro

Produção editorial
Ciranda Cultural

Diagramação
Linea Editora

Design de capa
Ana Dobón

Imagens
Vuk Kostic/shutterstock.com

Ilustrações
Vicente Mendonça

Dados Internacionais de Catalogação na Publicação (CIP) de acordo com ISBD

H691p	Hodgson, William Hope.
	Os piratas fantasmas / William Hope Hodgson ; traduzido por Livia Koeppl. - Jandira, SP : Principis, 2024.
	160 p.: 15,50cm x 22,60cm. - (Clássicos da literatura mundial).
	Título original: The ghost pirates ISBN: 978-65-5097-064-2
	1. Literatura inglesa. 2. Terror. 3. Ficção. 4. Literatura fantástica. 5. Navio. 6 Marinheiro. 7. Pirata. I. Koeppl, Livia. II. Título. III. Série.
2024-1363	CDD 823.91 CDU 821.111-3

Elaborado por Lucio Feitosa - CRB-8/8803

Índice para catálogo sistemático:
1. Literatura inglesa 823.91
2. Literatura inglesa 821.111-3

1ª edição em 2024
www.cirandacultural.com.br
Todos os direitos reservados.
Nenhuma parte desta publicação pode ser reproduzida, arquivada em sistema de busca ou transmitida por qualquer meio, seja ele eletrônico, fotocópia, gravação ou outros, sem prévia autorização do detentor dos direitos, e não pode circular encadernada ou encapada de maneira distinta daquela em que foi publicada, ou sem que as mesmas condições sejam impostas aos compradores subsequentes.

"Estranho como um vislumbre da horrível luz que brilha na crista de uma vasta onda à noite."

Para Mary Whalley:

*"Memórias antigas que iluminam a noite da morte
Silenciosas estrelas de doces encantos,
Avistadas nas distâncias esquecidas da vida..."*

O mundo dos sonhos

SUMÁRIO

Prefácio do autor 11

O canto dos infernos..13
A figura que saiu do mar..17
O que Tammy, o aprendiz, viu. 23
O homem no mastaréu...28
O mistério da vela..37
O fim de Williams..47
Outro homem ao leme..58
A chegada da névoa e o que ela trouxe......................................67
Depois da névoa 75
O homem que pedia socorro 86
Mãos que puxam 99
A busca por Stubbins 104
O conselho.. 119
A sombra no mar... 127
Os navios fantasmas 132
O grande navio fantasma... 144
Os piratas fantasmas 153

Apêndice... 158

Prefácio do autor

Este livro é o último de três. O primeiro publicado foi *The boats of the "Glen Carrig"*, o segundo, *A casa à beira do abismo*, e este, o terceiro, completa o que possivelmente podemos chamar de trilogia, pois cada um dos três aborda concepções de afinidades elementares. Com este livro acredito ter fechado a porta de determinada fase de meu pensamento construtivo.

O canto dos infernos

Cantor: Ao cabrestante, valentões!
Tripulação: Ahoo! Ahoo!
Cantor: Girem o vergalhão, seus molengas!
Tripulação: Ahoo! Ahoo!
Cantor: Mais uma volta!
Tripulação: Ahoo!
Cantor: Preparem-se para zarpar!
Tripulação: Ahoo!
Cantor: Preparem-se para enfrentar as ondas!
Tripulação: Ahoo! Ahoo!
Cantor: Ahoooo!
Tripulação: Para cima e para baixo! E lá vamos nós!
Cantor: Ouçam os passos dos barbudos lobos do mar!
Tripulação: Silêncio! Ouçam os passos deles!
Cantor: Andando, vagando, arrastando e fincando os pés quando erguem o cabo lá no alto.
Tripulação: Ouçam! Ouçam os passos deles!

Cantor: Sobem e descem como as ondas! Sobem e descem como as ondas! E dão meia-volta quando a maré baixa!

Tripulação: Ahoooo! Ouçam como saltam! Ahoooo! Ouçam como batem o pé! Ahoooooo! Ahoooooo!

Refrão: E agora gritam! Ah, ouçam, todos gritam enquanto marcham: Ahoooooo! Ahoooooo! Ahoooooo! Gritam enquanto marcham!

Cantor: Ó, ouçam o medonho rumor do cabrestante e dos vergalhões! O canto, ahoo! o ruído e a algazarra chegarem até as estrelas!

Tripulação: Aho! Ahoooooo! Marcham e vão-se embora. Ahoo! Ahooo! Ahaa! Ahooo!

Cantor: Ouçam as linguetas esbravejando e os barbudos cantando, enquanto o domo de bronze sobre eles fustigam os vergalhões.

Tripulação: Ouçam com atenção! Ó, ouçam! Ahoo! Ahoo! Ahoo! Ahoo!

Cantor: Suas canções sobem até o céu.

Tripulação: Ahoo! Ahoo! Ahoo! Ahoo!

Cantor: Silêncio! Ei-los! Atenção! Ó, ei-los! Praguejando entre os mastros!

Tripulação: Atenção! Ó, ouçam! Silêncio! Ó, ouçam!

Cantor: Vagando pelos vergalhões!

Refrão: E agora gritam! Ah, ouçam todos gritam enquanto marcham: Ahoooooo! Ahoooooo! Ahoooooo! Gritam enquanto marcham!

Cantor: Ó, ouçam o canto do cabrestante! Vejam como trovejam forte as linguetas!

Tripulação: Clique e claque, ouçam como eclode a algazarra! Há gritos por toda a parte!

Cantor: Clique e claque, meus belos rapazes, aproveitem enquanto ainda são bonitos!

Tripulação: Aho! Ahoo! Ouçam os estalidos!

Cantor: Aho! Ahoo! Clique e claque!

Tripulação: Silêncio! Silêncio! Ouçam como arfam! Cuidado! Ó, ouçam como bradam!

Cantor: Clique e claque, clique e claque

Tripulação: Ahoo! Ahoo! Marcham e vão-se embora!

Cantor: Corram! E afrouxem o cabo!

Tripulação: Aho! Ahoo! Afrouxem o cabo: Aho! Ahoo! Clique e claque.

Cantor: Lá estão os fanfarrões zanzando para lá e para cá! Zanzando para lá e para cá!

Tripulação: Aho! Ahoo! Zanzando para lá e para cá.

Cantor: Clique e claque, lá vem eles, aguentem firme! Soltem a serviola! Tudo pronto?

Tripulação: Aho! Ahoo! Aho! Ahoo!

Cantor: Clique e claque, meus rapazes saltitantes.

Tripulação: Aho! Ahoo! Marcham e vão-se embora!

Cantor: Ergam as linguetas e voltem já.

Tripulação: Aho! Ahoo! Firme-o-o-o-o!

Cantor: Longa é a canção! Longo é o cabrestante! Soltem as linguetas! Amarrem o cabo!

Refrão: Ahoo! Ahooo! Desmontem os vergalhões! Ahoo! Ahooo! Icem as âncoras! Ahoo! Ahooo! Ergam os vergalhões! Ahoo! Ahooo! E para longe zarpamos! Ahoo! Ahooo! Ahoo! Ahooo! Ahoo! Ahooooooo!

A figura que saiu do mar

Ele começou a falar sem rodeios:

Entrei para a tripulação do *Mortzestus* em Frisco. Soube, antes de assinar o contrato, que circulavam relatos estranhos sobre o navio, mas eu já estava na pior e muito ansioso em dar o fora para me preocupar com histórias de pescador. Além disso, segundo me disseram, o navio era decente no que se referia ao grude e ao tratamento dispensado aos marinheiros. Quando pedia que meus camaradas dessem nome aos bois, eles geralmente não conseguiam me explicar o que havia de errado com o navio. Diziam apenas que ele era azarado e fazia longas e turbulentas travessias sem encontrar nada além de tempestades. Acrescentavam que ele perdera duas vezes os mastros e a carga para um vendaval. Também disseram muitas outras coisas desagradáveis que poderiam acontecer com qualquer outro paquete. Ainda assim, eram ocorrências comuns, e eu estava plenamente disposto a vivenciá-las para voltar para casa. Ao mesmo tempo, pensava que, se surgisse a oportunidade de embarcar em outro navio, eu certamente o faria.

Quando fui levar minha mala para baixo, descobri que já haviam contratado a nova tripulação. Pois bem, a "prata da casa" deu no pé quando o navio chegou em Frisco, isto é, todos, exceto um jovem *cockney*[1], que permaneceu a bordo quando o navio aportou. Ele me disse depois, quando passei a conhecê-lo melhor, que pretendia receber seu pagamento, embora os outros tripulantes tenham ido embora sem fazê-lo.

Na primeira noite a bordo, pude perceber que todos os camaradas sabiam que havia algo de errado com o navio. Falavam dele como se ele fosse realmente assombrado, ainda assim, tratavam o assunto como piada, quer dizer, todos, exceto o jovem *cockney* (Williams era o seu nome) que, em vez de rir das pilhérias que eles faziam, parecia levar a questão a sério.

Isso me deixou bastante curioso. Comecei a me perguntar se havia, afinal, alguma verdade por detrás das obscuras histórias que ouvi. Aproveitei a primeira oportunidade para perguntar se ele tinha razões para acreditar que havia algo de concreto nas histórias que circulavam sobre o navio.

Em princípio, ele me pareceu um pouco reticente, mas, depois, mudou de ideia e me disse que não sabia de nenhum incidente em particular que pudesse ser considerado insólito no sentido a que eu me referia. Porém, ao mesmo tempo, afirmou que havia diversas pequenas coisas que, se fossem consideradas em conjunto, o faziam parar para pensar. Por exemplo, o navio sempre fazia travessias muito longas e pegava tempo ruim; nas raras ocasiões em que isso não acontecia, enfrentava uma eterna calmaria e ventos de proa. E não era só isso: velas que ele sabia terem sido presas do jeito certo estavam sempre desfraldadas *à noite*. Em seguida, ele disse algo que me surpreendeu.

– Há muitas malditas sombras neste paquete. Elas dão nos seus nervos de um jeito que você não pode imaginar.

Ele desabafou, sem pensar, e eu me virei e olhei para ele.

– Muitas sombras? O que diabos quer dizer com isso? – indaguei.

Mas o rapaz se recusou a explicar ou me contar algo mais, apenas balançou a cabeça estupidamente quando o questionei. Pareceu ficar subitamente mal-humorado. Tive certeza de que ele se fazia de tolo de propósito. Creio que, na verdade, ele sentiu vergonha de ter se deixado levar como havia feito, ao expressar em voz alta seus pensamentos sobre as "sombras". Aquele jovem era

---

[1] Apelido para os habitantes do bairro East End, em Londres. (N.T.)

o tipo de homem que pode pensar muitas coisas, mas não costuma verbalizá-las. De qualquer forma, percebi que não adiantava fazer mais perguntas, então dei o assunto por encerrado. Mesmo assim, vários dias depois, ainda me flagrei pensando ocasionalmente no que o sujeito quisera dizer com "sombras".

Deixamos Frisco no dia seguinte, com um vento forte e auspicioso a soprar, e as histórias que ouvi sobre a má sorte do navio pareceram cair por terra. E ainda assim...

Ele hesitou por um momento e então prosseguiu novamente:

– Nas primeiras semanas, não ocorreu nada de extraordinário e o vento continuou bom. Comecei a achar, afinal, que tinha tido sorte com o paquete que escolhi. Quanto aos outros tripulantes, a maior parte deles começou a falar bem do navio e a opinião geral era de que essa história de navio assombrado não passava de uma grande bobagem. E então, quando eu já estava me acostumando com o navio, aconteceu uma coisa que abriu os meus olhos para sempre.

Foi na vigília das oito à meia-noite. Eu estava sentado a estibordo, nos degraus que sobem até ao castelo de proa. A noite estava bonita e havia uma lua esplêndida. Próximo à popa, ouvi o cronometrista soar quatro vezes o sino e a sentinela, um velho chamado Jaskett, responder. Quando soltou a correia do sino, ele me viu sentado, fumando em silêncio. Inclinou-se sobre a amurada e olhou para mim.

– Jessop, é você? – ele perguntou.

– O que você acha?

– Se fosse sempre assim, poderíamos trazer a bordo as nossas avós ou qualquer outro rabo de saia – observou ele, pensativamente, indicando, com um gesto amplo de seu cachimbo e sua mão, a calmaria do mar e do céu.

Não vi razão para negar essa afirmação e ele continuou:

– Se este velho paquete é assombrado, como alguns parecem pensar, bem, tudo o que posso dizer é que espero ter a sorte de trombar com outro do mesmo tipo. Um bom grude, pudim aos domingos, oficiais decentes na popa e todo o conforto possível, para que você saiba muito bem onde está pisando. Quanto a ser assombrado, isso é uma baita de uma bobagem. Já estive em muitos navios azarados, muito antes de conquistarem a má fama, e alguns eram mesmos assombrados, mas não com fantasmas. Um desses paquetes era tão ruim que não se podia cumprir a vigília ou piscar os olhos sem encontrar seu beliche todo revirado, como se houvesse passado um furacão nele. Às vezes...

Naquele instante, para meu alívio, um grumete subiu a outra escada que levava ao castelo de proa e o velhote virou-se para perguntar por que diabos ele não o rendera antes. O grumete respondeu alguma coisa, mas o que, eu não sei, pois, abruptamente, na popa, meu olhar sonolento pousou em algo totalmente extraordinário e desconcertante. Era nada menos que a forma de um homem saltando a bordo por cima da amurada, à popa, atrás do cordame principal. Eu me levantei, segurando o corrimão, e a encarei.

Atrás de mim, alguém falou. Era a sentinela que descera do castelo de proa, em direção à popa, a fim de informar o nome do seu substituto ao segundo imediato.

– O que foi, marujo? – ele perguntou, curioso, ao me ver tão concentrado.

A coisa, seja lá o que fosse, havia desaparecido nas sombras do lado a sotavento do convés.

– Nada! – eu respondi, rapidamente, pois estava muito confuso com o que meus olhos tinham acabado de ver para dizer algo além disso. Eu só queria pensar.

O velho marujo olhou de relance para mim, mas apenas resmungou algo e continuou seu caminho para a popa.

Permaneci ali por cerca de um minuto, observando, mas não consegui ver coisa alguma. Então andei lentamente para a popa, até o extremo do convés. De lá, eu podia ver a maior parte do convés principal, mas nada se movia, exceto, é claro, as sombras oscilantes das cordas, mastros e velas, que balançavam para frente e para trás à luz do luar.

O velho marujo que acabara de ser rendido da vigília voltou de novo para a frente da embarcação e eu fiquei sozinho naquela parte do convés. E então, de repente, enquanto eu observava atentamente as sombras a sotavento, lembrei-me do que Williams havia dito sobre haver muitas "sombras" no navio. Quando ele disse aquilo, fiquei intrigado e não consegui entender o verdadeiro significado das suas palavras. Mas não tive nenhuma dificuldade *então*. Havia *mesmo* muitas sombras. No entanto, com ou sem sombras, percebi que, para obter paz de espírito, eu deveria descobrir, de uma vez por todas, se a coisa que pareceu ter subido a bordo, vinda diretamente do oceano, tinha sido real ou, como dizem, mera obra da minha imaginação. Minha razão dizia que aquilo era pura imaginação, um rápido sonho, talvez, derivado de um cochilo, mas algo mais profundo que a razão me dizia que era outra coisa. Resolvi pôr essas teorias à prova e penetrei entre as sombras. Não havia nada lá.

Fiquei mais corajoso. Meu bom senso dizia que provavelmente eu tinha imaginado tudo aquilo. Andei até o mastro principal, inspecionei o gradil que o cercava parcialmente e olhei para baixo, em direção à escuridão das bombas, mas, novamente, não encontrei nada. Então entrei debaixo do nicho do tombadilho. Estava mais escuro lá do que no exterior do convés. Olhei para os dois lados do convés e vi que eles não abrigavam nada semelhante ao que eu procurava. Era uma segurança reconfortante. Cheguei os degraus do tombadilho e lembrei que nada poderia ter subido até ali sem que o segundo imediato ou o cronometrista o visse. Então recostei-me contra o tabique e refleti rapidamente sobre a questão, puxando a fumaça do cachimbo enquanto ficava de olho no convés. Concluí meus pensamentos e disse, em voz alta:

– Não! – Então, uma ideia me ocorreu e acrescentei: – A menos que...

Resolvi ir até a amurada a estibordo e olhei para cima e para baixo, perscrutando o mar, mas não vi nada além do próprio mar, então me virei e voltei. O bom senso triunfara e eu estava convencido de que minha imaginação havia me pregado uma peça.

Cheguei à porta a bombordo, que levava para o castelo de proa e estava prestes a entrar quando algo me fez olhar para trás. Ao fazer isso, comecei a tremer da cabeça aos pés. Lá longe, à popa, uma forma vaga e sombria permanecia na esteira de um raio oscilante de luar que banhava o convés, um pouco atrás do mastro principal.

Era a mesma figura que eu acabara de atribuir à minha imaginação. Confesso que fiquei mais do que perplexo, na verdade, eu fiquei apavorado. Agora eu estava convencido de que aquilo não era uma simples visão imaginária. Era uma figura humana. Contudo, com o tremeluzir do luar e as sombras que a rodeavam, não fui capaz de dizer mais do que isso. Então, enquanto eu estava ali, indeciso e assustado, ocorreu-me que alguém brincava comigo, embora por que razão ou motivo, não parei para pensar. Aceitei de bom grado as sugestões que meu bom senso garantiu não serem impossíveis, e, naquele instante, me senti bastante aliviado. Ainda não havia analisado aquele lado da questão. Comecei a reunir coragem. Acusei-me de dar asas à imaginação, caso contrário, teria pensado naquilo mais cedo. Porém, curiosamente, apesar de todo o meu raciocínio, eu ainda estava com medo de ir à popa para descobrir quem era a figura e permaneci no convés principal a sotavento. Mas senti que se me esquivasse, seria um imprestável, digno de ser atirado ao mar, e assim, lá fui eu, embora não com grande pressa, como você pode imaginar.

Eu tinha percorrido metade da distância e a figura continuava ali, imóvel e silenciosa, com o luar e as sombras dançando em volta dela a cada balançar do navio. Creio que eu desejava ser surpreendido. Se fosse um dos camaradas bancando o idiota, ele teria me escutado chegar. Por que não fugiu quando teve a chance? E onde ele havia se escondido antes? Perguntei-me todas essas coisas às pressas, com uma estranha combinação de dúvida e confiança, e enquanto isso, bem, eu continuava me aproximando. Eu havia passado pela camarata e estava a doze passos de distância, quando, abruptamente, a figura silenciosa deu três passos largos até a amurada e *pulou no mar*.

Corri até lá e olhei para baixo, mas nada vi, exceto a sombra do navio varrendo o mar enluarado.

Por quanto tempo eu fiquei olhando fixamente para a água, é impossível dizer, pelo menos por um minuto, sem dúvida. Eu me senti confuso... terrivelmente confuso. Tratava-se de uma confirmação tão bestial da *antinaturalidade* da situação que eu concluí ter vivenciado apenas uma espécie de ilusão criada pelo cérebro. Era como se, naquele curto espaço de tempo, eu tivesse sido privado do poder de pensar racionalmente. Creio que fiquei atordoado... mentalmente atordoado, de certa forma.

Como eu disse, um minuto ou mais devem ter se passado, enquanto eu encarava a escuridão da água sob o costado do navio. Então voltei subitamente ao meu estado normal. O segundo imediato estava cantando *Lee Fore Brace*[2].

Fui até o braço do navio, como um sonâmbulo.

---

[2] Em tradução literal: "ao braço, a sotavento". Trata-se de uma tradicional balada marítima inglesa baseada no poema de Cicely Fox Smith (1882-1954). (N.T.)

O que Tammy, o aprendiz, viu.

Na manhã seguinte, durante meu quarto de vigília, dei uma olhada nos locais por onde aquela coisa havia subido a bordo e deixado o navio, mas não encontrei nada de incomum e nenhuma pista que me ajudasse a compreender o mistério da estranha figura.

Por vários dias, tudo transcorreu tranquilamente, embora eu ainda vagasse pelo convés à noite, tentando descobrir algo novo que pudesse lançar alguma luz sobre a questão. Tive o cuidado de não contar a ninguém o que eu tinha visto. De qualquer maneira, eu estava certo de que ririam de mim.

Passei várias noites desse modo e ainda estava muito longe de compreender o caso. E então, no turno da meia-noite, algo aconteceu.

Eu estava ao leme. Tammy, um dos aprendizes de primeira viagem, estava marcando o tempo, andando para lá e para cá pela popa, a sotavento. O segundo imediato estava na frente, debruçado sobre o tombadilho, fumando. O tempo ainda estava bom e a lua, embora minguante, ainda era suficientemente clara para iluminar com distinção cada detalhe da popa. Três sinos haviam soado e eu admito que estava com bastante sono. De fato, creio que acabei cochilando, pois o velho paquete era muito fácil de pilotar e não havia quase nada a fazer, além de corrigir o rumo de vez em quando, com um solavanco. De repente, porém, tive a impressão de ouvir alguém me chamar baixinho. Eu não tinha certeza, então olhei primeiro para a frente, onde estava o segundo imediato, fumando, e depois para a bitácula. O navio estava no rumo certo e eu fiquei aliviado. Então, de repente, escutei novamente. Não havia dúvidas, desta vez, e olhei a sotavento. Lá estava Tammy, com a mão estendida, no ato de tentar tocar meu braço. Eu estava prestes a perguntar o que diabos ele queria quando Tammy ergueu o dedo, pedindo silêncio, e apontou para a frente, ao lado da popa a sotavento. Na penumbra, seu rosto estava pálido e ele parecia muito agitado. Por alguns segundos, olhei na direção que ele havia indicado, mas não consegui ver nada.

– O que foi? – eu perguntei em voz baixa, após alguns instantes de um atento, porém, ineficaz exame. – Não consigo ver nada.

– Psiu – ele murmurou roucamente, sem olhar na minha direção. Então, subitamente, com um pequeno e rápido suspiro, saltou até a cabine do leme e levantou-se ao meu lado, tremendo. Seu olhar parecia seguir os movimentos de algo que eu não pude ver.

Devo dizer que fiquei assustado. Seus movimentos demonstraram um enorme terror, e a maneira como ele olhou a sotavento me fez pensar que ele tinha visto algo sinistro.

– O que diabos aconteceu com você? – eu perguntei, asperamente. E então me lembrei do segundo imediato. Olhei para o local onde ele estava debruçado. Ele ainda estava de costas para nós, não tinha visto Tammy. Então eu me virei para o menino.

– Pelo amor de Deus, desça logo, antes que o segundo o veja! – eu exclamei. – Se quer dizer algo, faça-o do outro lado, não na cabine do leme. Você deve ter sonhado.

Enquanto eu falava, o moleque agarrou minha manga com uma das mãos, e, apontando para o carretel com a outra, gritou:

– Ele está vindo! Está vindo...

Neste instante, o segundo imediato veio correndo para a popa e perguntou, aos gritos, qual era o problema. Então, de repente, agachado sob o gradil próximo ao carretel, eu vi algo que parecia um homem, mas tão nebuloso e irreal que eu dificilmente poderia dizer que vi alguma coisa. Meus pensamentos, porém, voltaram-se instantaneamente para a silenciosa figura que eu tinha visto à luz tremulante do luar, uma semana antes.

O segundo imediato finalmente me alcançou e eu apontei para a figura, incapaz de falar, e ainda assim, sabendo muito bem que *ele* não seria capaz de vê-la. (Estranho, não?) E então, em um piscar de olhos, perdi a coisa de vista e constatei que Tammy estava abraçado aos meus joelhos.

O segundo fitou o carretel por um breve instante, então virou-se para mim, com um sorriso desdenhoso.

– Imagino que os dois tenham tirado um belo cochilo!

E então, sem esperar que eu o contestasse, mandou Tammy ir para o inferno e ordenou que parasse com aquele barulho ou ele o enxotaria da popa a pontapés.

Depois disso, caminhou até o tombadilho, acendeu de novo o cachimbo e pôs-se a andar para lá e para cá de tempos em tempos, lançando, por vezes, um olhar estranho na minha direção, meio cético, meio intrigado.

Mais tarde, tão logo me renderam, corri para o beliche do aprendiz. Eu ansiava em falar com Tammy. Havia uma dúzia de perguntas que me preocupavam e eu estava em dúvida sobre o que deveria fazer. Eu o encontrei agachado atrás de um baú, abraçando os joelhos, olhando fixamente para a porta, com uma expressão de terror. Enfiei minha cabeça no beliche e ele ofegou, então ele viu que era eu e seu rosto relaxou um pouco.

– Entre – ele disse, com uma voz baixa, que tentou manter serena. Saltei sobre a tina de lavar e sentei-me em um baú, de frente para ele.

– O que foi *aquilo*? – ele perguntou, colocando os pés no convés e inclinando-se para a frente. – Pelo amor de Deus, diga-me o que foi aquilo!

Sua voz aumentou e eu levantei minha mão para adverti-lo.

– Quieto – eu disse. – Vai acordar os outros.

Ele repetiu a pergunta, em um tom mais baixo. Hesitei antes de responder. Senti, naquele momento, que seria melhor negar tudo, dizer que não tinha visto nada de incomum. Ponderei rapidamente e respondi assim que essa ideia me ocorreu:

– O que foi *o quê*? – perguntei. – É exatamente o que eu vim lhe perguntar. Você nos fez de idiotas agora mesmo, na popa, com essa sua histeria boba.

Concluí minha observação com uma voz irritada.

– Não fiz isso! – ele respondeu, com um sussurro acalorado. – Sabe muito bem que eu não fiz. *Você* sabe o que viu com seus próprios olhos. Você apontou para aquilo ao segundo imediato. Eu vi.

O moleque estava quase chorando de medo e vergonha à minha pretensa demonstração de incredulidade.

– Arre! – respondi. – Você sabe muito bem que acabou dormindo enquanto marcava o tempo. Sonhou com alguma coisa e acordou de repente. Ficou doido com o que viu no sonho.

Eu estava determinado a tranquilizá-lo, se possível, mas, ah, Deus! O que eu mais queria era tranquilizar a mim mesmo. Se ele soubesse o que eu tinha visto lá embaixo no convés principal, o que faria?

– Eu estava dormindo tanto quanto você – ele disse, angustiado. – E você sabe disso. Não pense que pode me enganar. O navio está assombrado.

– Ora! – exclamei com rispidez.

– Está assombrado! Está assombrado.

– Quem disse isso? – perguntei, em um tom de incredulidade.

– Eu estou dizendo! E você *sabe* que é verdade. Todo mundo sabe disso, mas só a metade acredita... eu mesmo não acreditava, até esta noite.

– Isso é uma maldita bobagem! – respondi. – Uma história de pescador, contada por velhos marujos. O navio é tão assombrado quanto eu.

– Não é uma maldita bobagem – respondeu ele, sem se convencer um único instante. – E não é uma história de pescador... Por que não diz que viu aquilo? – ele indagou, quase às lágrimas e erguendo a voz novamente. – Por que não diz que viu? – ele repetiu.

Eu me levantei do baú e fui em direção à porta.

– Você está maluco, garoto! – eu disse. – Eu o aconselho a não abrir o bico sobre isso no convés. Aceite meu conselho, vire-se e durma. Não está falando nada com nada. Talvez amanhã você perceba que fez papel de idiota.

Saltei sobre a tina de lavar e saí do quarto. Creio que ele me seguiu até a porta para dizer algo mais, mas eu já estava longe, então.

Pelos próximos dias, eu o evitei tanto quanto pude, tomando o cuidado de nunca ficar sozinho com ele. Eu estava determinado, se possível, a convencê-lo de que ele havia se enganado ao supor que vira algo naquela noite. No entanto, apesar disso, minhas tentativas de nada adiantaram, como você verá em breve. Pois na noite do segundo dia, houve um novo e extraordinário acontecimento que tornou inútil qualquer negativa da minha parte.

O homem no mastaréu

Aconteceu na primeira vigília, logo após as seis campainhas. Eu estava na proa, debruçado na escotilha frontal. Não havia ninguém no convés principal. A noite estava excepcionalmente bonita e o vento era praticamente nulo, de maneira que o navio estava muito quieto.

De repente, escutei a voz do segundo imediato:

– No cordame principal, bem ali! Quem é aquele que está subindo?

Sentei-me na escotilha e escutei. Houve um profundo silêncio. Então ouvi de novo a voz do segundo. Estava claramente irritada.

– Com mil demônios, está me ouvindo? O que diabos está fazendo aí? Desça já!

Eu me levantei e caminhei a barlavento. De lá, eu podia ver a ponta do tombadilho. O segundo imediato estava parado junto à escada a estibordo. Ele parecia fitar alguma coisa oculta pela vela da gávea, fora do meu campo de visão. Enquanto eu olhava, ele explodiu novamente:

– Raios e trovões! Me obedeça, imbecil, estou mandando!

Ele pisou no tombadilho e repetiu a ordem, furiosamente. Mas não houve resposta. Resolvi ir até a popa. O que havia acontecido? Quem havia subido? Quem seria tolo o bastante de fazê-lo, sem ter recebido ordens para isso? E então, um pensamento logo me veio à mente. A figura que Tammy e eu tínhamos visto. Será que o segundo imediato tinha visto algo... ou alguém? Eu me apressei e parei de repente. No mesmo momento, ouvi o som estridente do apito do segundo, ele chamava os vigias. Virei-me e corri para o castelo de proa, a fim de despertá-los. Pouco tempo depois, tendo feito isso, voltei com eles à popa para ver o que o segundo queria.

Sua voz nos encontrou no meio do caminho:

– Subam depressa e descubram quem é esse idiota que está lá em cima. Vejam que espécie de diabrura ele está aprontando.

– Sim, sim, senhor – vários homens responderam, em uníssono, e dois deles treparam na vela a barlavento. Eu me juntei a eles e o resto começou a fazer o mesmo, mas o segundo gritou para que alguns subissem a sotavento, caso o sujeito tentasse descer por aquele lado.

Enquanto eu subia, seguindo os outros dois, escutei o segundo imediato mandar Tammy, cuja tarefa era marcar o tempo, ir para o convés principal com o outro aprendiz e ficar de olho na vela de estai da proa.

– Ele pode tentar derrubar um deles, se estiver encurralado – ouvi-o explicar. – Se virem qualquer coisa, gritem imediatamente.

Tammy hesitou.

– O que está esperando? – perguntou o segundo imediato, asperamente.

– Nada, senhor – disse Tammy, descendo para o convés principal.

O primeiro homem a barlavento alcançou as alhetas da enxárcia, sua cabeça estava quase no cesto de gávea e ele deu uma olhada preliminar antes de se aventurar a ir mais alto.

– Vê alguma coisa, Jock? – perguntou Plummer, o homem logo acima de mim.

– Não! – disse Jock, laconicamente, então escalou o cesto e desapareceu da minha vista.

O sujeito à minha frente o seguiu. Ele alcançou as alhetas da enxárcia e então parou para escarrar. Eu estava bem embaixo e ele olhou para mim.

– Qual é o problema, afinal? – ele perguntou. – O que ele viu? O que estamos perseguindo?

Respondi que não sabia e ele saltou para o cordame do mastaréu. Eu segui em frente. Os camaradas a sotavento estavam quase na mesma altura que nós. Ao pé do mastaréu, pude ver Tammy e o outro aprendiz no convés principal, olhando para cima.

Os companheiros pareciam um pouco nervosos, embora eu estivesse inclinado a pensar que havia neles mais curiosidade e, talvez, uma certa consciência da estranheza de tudo aquilo. O que sei é que, olhando a sotavento, havia uma certa tendência de que ninguém se apartasse do grupo, o que me pareceu muito bom.

– Deve ser um maldito clandestino – sugeriu um dos homens.

Agarrei-me à ideia instantaneamente. Talvez… e então, um minuto depois, eu a descartei. Lembrei-me de como a primeira coisa saltara pela amurada *para o mar*. Isso não podia ser explicado dessa maneira. Eu estava curioso e ansioso. Não tinha visto nada dessa vez. Imaginei o que o segundo imediato teria visto. Estávamos perseguindo miragens ou realmente havia alguém, algo real, entre as sombras sobre nós? Meus pensamentos voltaram-se para a coisa que Tammy e eu tínhamos visto perto do carretel. Lembrei-me de que o segundo imediato fora incapaz de ver qualquer coisa na ocasião. Lembrei-me de como parecia natural que ele não pudesse vê-la. Ouvi a palavra "clandestino" novamente. Talvez isso pudesse explicar *este* caso. Seria…

Minha linha de raciocínio foi rompida de repente. Um dos homens estava gritando e gesticulando.

– Lá está ele! Lá está ele! – ele disse, apontando para um ponto sobre nossas cabeças.

– Onde? – perguntou o homem acima de mim. – Onde?

Eu estava olhando para cima, com o máximo de atenção. Tive consciência da sensação de alívio que se apossou de mim. "É *real* então", disse a mim mesmo. Joguei a cabeça para trás e olhei para todos os lados. Mas ainda assim, não consegui ver nada, apenas sombras e raios de luz.

Lá embaixo, no convés, ouvi a voz do segundo imediato:

– Você o pegou? – berrou.

– Ainda não, senhor – gritou o homem que estava mais baixo, a sotavento.

– Estamos vendo o homem, senhor – acrescentou Quoin.

– Eu não! – eu disse.

– Lá está ele novamente – disse ele.

Havíamos alcançado o cordame do joanete e ele apontava para a verga do mastaréu.

– Você é uma besta, Quoin. É isso que você é.

A voz tinha vindo de cima. Era de Jock, e houve uma explosão de risos às custas de Quoin.

Eu podia ver Jock agora. Ele estava de pé no cordame, logo abaixo da verga. Ele tinha subido imediatamente, enquanto o resto procrastinava no cesto da gávea.

– Você é uma besta, Quoin – ele disse, de novo –, e estou pensando que o segundo não é muito diferente.

Ele começou a descer.

– Então não há ninguém? – eu perguntei.

– Não – ele disse, brevemente.

Quando chegamos ao convés, o segundo imediato deixou o tombadilho às pressas. Veio em nossa direção, com um ar de expectativa.

– Pegaram o homem? – perguntou, confiante.

– Não havia ninguém – eu disse.

– O quê?! Vocês estão escondendo algo! – insistiu, com raiva, olhando de um para o outro. – Falem logo. Quem era ele?

– Não estamos escondendo nada – respondi, falando em nome de todos. – Não há ninguém lá em cima.

O segundo olhou para nós.

– Pensam que sou idiota? – ele perguntou, desdenhosamente.

Houve um silêncio constrangedor.

– Eu o vi com meus próprios olhos – continuou ele. – O Tammy aqui também. Ele não tinha chegado ao cesto da gávea quando o vi. Não há dúvidas quanto a isso. É uma grande imbecilidade dizer que ele não está lá.

– Bem, senhor, ele não está – respondi. – Jock subiu direto para a verga do mastaréu.

O segundo imediato não respondeu imediatamente, mas recuou alguns passos e olhou para o mastro principal. Então virou-se para os dois aprendizes.

– Ei, garotos, têm certeza de que não viram ninguém descendo do mastro principal? – ele perguntou, desconfiado.

– Sim, senhor – responderam em uníssono.

– De qualquer forma – eu o ouvi resmungar para si mesmo –, eu mesmo o teria visto, nesse caso.

– Tem alguma ideia de quem seja, senhor? – perguntei, nesse momento.

Ele fitou-me intensamente.

– Não! – ele respondeu.

Ele pensou por alguns instantes, enquanto ficávamos em silêncio, esperando que ele nos liberasse.

– Pelas barbas do profeta! – exclamou, de repente. – Eu deveria ter pensado nisso antes.

Ele virou-se e fitou cada um de nós.

– Estão todos aqui? – perguntou.

– Sim, senhor – dissemos em coro.

Pude ver que ele estava nos contando. Então falou novamente.

– Homens, fiquem onde estão. Tammy, vá para o *seu* alojamento e veja se os outros aprendizes estão em seus beliches. Depois volte para me dizer. E depressa!

O menino obedeceu e ele virou-se para o outro aprendiz.

– Vá para o castelo de proa – disse ele. – Conte quantos homens há na vigília, então volte direto para cá.

Assim que a figura do menino desapareceu, a caminho do castelo de proa, Tammy voltou de sua visita àquele glorioso chiqueiro para dizer ao segundo imediato que os outros dois aprendizes dormiam profundamente em seus beliches. Diante disso, o segundo mandou-o ir até o alojamento do carpinteiro e do veleiro, para ver se eles também estavam ferrados no sono.

Enquanto ele estava fora, o outro menino voltou para a popa e relatou que os homens estavam todos dormindo em seus beliches.

– Tem certeza? – o segundo perguntou a ele.

– Certeza absoluta, senhor – o menino respondeu.

O segundo imediato fez um gesto apressado.

– Vá ver se o intendente está em seu beliche – ele disse, abruptamente.

Para mim era claro que ele estava tremendamente confuso. "Ainda tem muito o que aprender, senhor segundo imediato", pensei comigo mesmo. Então comecei a me perguntar a que conclusões ele chegaria.

Alguns segundos depois, Tammy voltou dizendo que o carpinteiro, o veleiro e o "doutor" estavam ferrados no sono.

O segundo imediato resmungou algo e mandou-o descer para o salão para ver se, por acaso, o primeiro e o terceiro imediatos não estavam em seus beliches.

Tammy começou a correr, então parou.

– Devo dar uma olhada na cabine do Velho[3], senhor, enquanto estiver lá embaixo? – ele indagou.

– Não! – exclamou o segundo imediato. – Faça o que eu mandei e depois volte aqui. Se alguém for entrar na cabine do capitão, que seja eu.

Tammy disse:

– Sim, senhor – e afastou-se apressado, em direção à popa.

Enquanto ele estava fora, o outro aprendiz voltou, relatando que o intendente estava em seu beliche e quis saber por que diabos ele estava perambulando por aquela parte do navio.

O segundo imediato não disse nada por quase um minuto. Então virou-se para nós e disse que podíamos ir embora.

Assim que saímos juntos, falando em voz baixa, Tammy veio da popa e dirigiu-se ao segundo imediato. Eu o escutei dizer que os dois imediatos estavam em seus beliches, dormindo. Então acrescentou, como se fosse uma reflexão tardia:

– O Velho também.

– Pensei ter dito que... – o segundo imediato começou a dizer.

– Eu não entrei lá, senhor – disse Tammy. – A porta da cabine estava aberta.

---

[3] No original, "Old Man", maneira como os marinheiros em geral costumavam se referir ao capitão de uma embarcação. (N.T.)

O segundo imediato começou a andar em direção à popa. Escutei fragmentos de uma observação que fez para Tammy:

– Contei a tripulação inteira. Eu...

Ele foi à popa. Não consegui ouvir o resto.

Eu havia retardado meus passos, então corri para alcançar os outros. Quando nos aproximamos do castelo de proa, o sino soou, de maneira que acordamos os camaradas que nos renderiam na vigília e contamos o que tivemos que fazer.

– Acho que ele não está batendo muito bem da cabeça – comentou um dos homens.

– Não – disse outro –, estava tirando uma pestana e sonhou que sua sogra veio lhe fazer uma visita.

Essa insinuação provocou algumas risadas e me flagrei sorrindo com os outros, embora eu não tivesse razão alguma para acreditar, como eles, que nada havia acontecido.

– Pode ter sido um clandestino, sabe? – ouvi Quoin, que já tinha sugerido isso antes, dizer a um velho e experiente marujo chamado Stubbins, um sujeito atarracado, de aspecto bastante ranzinza.

– O diabo que foi! – Stubbins retrucou. – Clandestinos não são tão imbecis.

– Não sei, não – disse o primeiro. – Gostaria de ter perguntado ao segundo imediato o que ele pensava a respeito.

– Não acho que tenha sido um passageiro clandestino, de todo modo – eu disse, dando minha contribuição à conversa. – O que faria um clandestino lá no alto? Acho que seria mais provável encontrá-lo na despensa do intendente.

– Pode apostar sua alma que sim – disse Stubbins. Ele acendeu o cachimbo e puxou lentamente a fumaça. – De qualquer forma, não faço ideia do que tenha sido – ele observou, após um momento de silêncio.

– Nem eu – eu disse.

Depois disso, fiquei quieto por um tempo, escutando as diversas teorias sobre o assunto.

Então meu olhar caiu sobre Williams, o homem que havia falado comigo sobre as "sombras". Ele estava sentado em seu beliche, fumando, sem fazer o menor esforço para participar da conversa.

Fui até ele.

– O que pensa disso tudo, Williams? – perguntei. – *Você* acha que o segundo imediato realmente viu alguma coisa?

Ele fitou-me taciturnamente, com uma espécie de suspeita, porém não disse nada.

Fiquei um pouco incomodado com o seu silêncio, mas tive o cuidado de não demonstrar. Após alguns instantes, prossegui:

– Sabe, Williams, estou começando a entender o que você disse aquela noite, sobre haver muitas sombras neste navio.

– O que quer dizer? – ele perguntou, surpreso, tirando o cachimbo da boca.

– Isso mesmo que você ouviu – eu disse. – Que realmente *há* muitas sombras aqui.

Ele sentou-se e inclinou-se para fora do beliche, estendendo a mão que segurava o cachimbo. Seus olhos traíram claramente a sua excitação.

– Você viu... – ele hesitou e olhou para mim, lutando intimamente para encontrar as palavras.

– E então? – perguntei.

Por cerca de um minuto, ele tentou me dizer algo. Então, de repente, sua expressão mudou e seu olhar passou a expressar dúvida e algo mais indefinível. Por fim, com um olhar de sombria determinação, ele falou:

– Que o diabo me carregue – disse ele – se eu não receber meu pagamento, com sombras ou não.

Eu o fitei com espanto.

– O que raios isso tem a ver com o seu pagamento? – perguntei.

Ele balançou a cabeça, com uma espécie de resolução impassível.

– Ouça – disse ele.

Eu esperei.

– A tripulação caiu fora. – Apontou para a popa com a mão e o cachimbo.

– Lá em Frisco, você quer dizer? – indaguei.

– Sim – ele respondeu –, mesmo sem receber um centavo do pagamento. Eu fiquei.

Eu o compreendi de imediato.

– Você acha que eles viram... as sombras? – falei, hesitante.

Ele assentiu, sem dizer uma palavra.

– E então deram no pé?

Ele balançou a cabeça novamente e começou a tamborilar com o cachimbo na beira do beliche.

– E os oficiais e o capitão? – inquiri.

– São novos – ele disse, saindo do beliche, pois oito sinos haviam soado.

O mistério da vela

Foi na noite de sexta-feira que o segundo imediato mandou todos os vigias subirem para procurar o homem no topo do mastaréu, e nos cinco dias seguintes só se falou nisso, embora, com exceção de Williams, Tammy e eu, ninguém parecesse levar a questão a sério. Creio que também devo incluir Quoin, pois este ainda insistia em dizer, em todas as ocasiões, que havia um clandestino a bordo. E quanto ao segundo imediato (*agora* eu não tenho a menor dúvida quanto a isso), ele começou a perceber que o que havia acontecido era algo mais profundo e incompreensível do que pensou a princípio. Ainda assim, foi obrigado a guardar seus palpites e suas ainda confusas opiniões para si mesmo, pois o Velho e o primeiro imediato não perdoaram o seu "fantasma" e zombaram dele impiedosamente. Soube disso por Tammy, que ouviu os dois infernizando o segundo imediato no dia seguinte, durante a segunda vigília. Tammy também me contou outra coisa, que demonstrava como o segundo imediato estava incomodado com sua incapacidade de compreender a misteriosa aparição e o desaparecimento do homem que ele vira no mastaréu. Ele tinha feito Tammy lhe fornecer todos os detalhes de que conseguia se lembrar sobre a figura que vimos ao lado do carretel. E mais, o segundo não tratou a questão levianamente ou como uma brincadeira, escutou tudo atentamente e fez muitas perguntas. Para mim, era evidente que ele tentava chegar à única conclusão possível, embora, Deus sabe, ela fosse algo impossível e bastante improvável.

Foi na noite de quarta-feira, após os já mencionados cinco dias de falatório, que eu e aqueles que *sabiam*, tivemos outra ocasião para sentir medo. E, no entanto, sei perfeitamente bem que, *naquela* época, os que não tinham visto a figura não encontrariam motivos para temer o que vou lhe contar. Mesmo assim, até eles ficaram surpresos, intrigados, e talvez, afinal de contas, um pouco assustados. Naquela situação, houve tantas coisas inexplicáveis e, ao mesmo tempo, naturais e corriqueiras. Pois o que aconteceu foi simplesmente uma vela desfraldada, ainda assim, o episódio veio acompanhado de detalhes realmente significativos, isto é, significativos à luz do que eu, Tammy e o segundo imediato sabíamos.

Sete sinos, e depois mais um, soaram no primeiro quarto até que os tripulantes da nossa cabine fossem acordados para render os camaradas. Quase todos os homens já haviam saltado dos beliches e vestiam suas roupas, sentados em seus baús.

De repente, um dos aprendizes da vigília anterior enfiou a cabeça pela porta a bombordo.

– O imediato quer saber qual de vocês prendeu a vela do joanete da proa, no último quarto – disse ele.

– Por que ele quer saber isso? – perguntou um dos homens.

– O lado a sotavento soltou-se – disse o aprendiz. – E ele diz que o sujeito que prendeu a vela deve subir e resolver a situação assim que trocarem a vigília.

– Ah, é? Bem, não fui eu, de qualquer modo – respondeu o homem. – É melhor você perguntar aos outros.

– Perguntar o quê? – Plummer, falou, sonolento, saindo de seu beliche.

O aprendiz repetiu a mensagem.

O homem bocejou e espreguiçou-se.

– Deixe-me ver – ele murmurou, coçando a cabeça com uma das mãos, enquanto tateava com a outra, em busca das calças. – Quem prendeu a vela do joanete da proa? – Ele encontrou as calças e se levantou. – Ora, o grumete, é claro, quem mais poderia ser?

– É tudo que eu queria saber! – exclamou o aprendiz, indo embora.

– Ei! Tom! – Stubbins gritou para o grumete. – Acorde, seu diabinho preguiçoso. O imediato mandou perguntar quem prendeu a vela do joanete da proa. Está desfraldada. Ele disse que você deve subir para prendê-la de novo tão logo os oito sinos soem.

Tom saltou do beliche e começou a se vestir rapidamente.

– Desfraldada! – ele exclamou. – Nem há tanto vento assim, e eu afivelei muito bem as gaxetas, dando várias voltas.

– Talvez uma delas esteja podre e tenha cedido – sugeriu Stubbins. – De qualquer modo, é melhor você se apressar, pois já vai soar o sinal.

Um minuto depois, soaram os oito sinos e subimos para a popa, a fim de responder à chamada. Assim que os nomes foram chamados, vi o primeiro imediato inclinar-se para o segundo e dizer algo. Então o segundo imediato gritou:

– Tom!

– Senhor! – respondeu Tom.

– Foi você quem prendeu a vela do joanete da proa no último quarto?

– Sim, senhor.

– Então como é que ela está soprando ao sabor do vento?

– Não sei dizer, senhor.

– Bem, está desfraldada. É melhor você trepar lá e afivelar a gaxeta novamente. E lembre-se de fazer o trabalho direito da próxima vez.

– Sim, sim, senhor – disse Tom, e seguiu com o resto de nós para a proa.

Ao chegar à proa, ele subiu no cordame e começou a ir lentamente para o topo. Eu podia vê-lo com bastante nitidez, pois a lua ainda estava muito clara e brilhante, embora estivesse minguando.

Fui até a amurada a barlavento e recostei-me contra ela, observando-o enquanto enchia o meu cachimbo. Os outros homens, tanto os vigias que tinham chegado quanto os anteriores, tinham ido para o castelo de proa. Portanto, logo imaginei que eu fosse o único no convés principal. Mas, um minuto depois, descobri que estava enganado, pois, assim que consegui acender o cachimbo, vi Williams, o jovem *cockney*, sair do lado a sotavento do alojamento, virar-se e fitar o grumete enquanto ele subia sem parar. Fiquei um pouco surpreso, pois sabia que ele e outros três estavam ocupados com uma partida de pôquer e havia mais de trinta libras em tabaco em jogo. Creio que abri minha boca para perguntar por que ele não estava jogando, e então, de repente, me veio à mente a primeira conversa que tive com ele. Lembrei-me de que ele havia dito que as velas estavam sempre desfraldadas *à noite*. E da inexplicável ênfase que ele havia dado àquelas duas palavras, e lembrando disso, senti um súbito medo. E então percebi o absurdo da situação. Como uma vela (por mais mal afivelada que estivesse) poderia desfraldar-se com um tempo tão bom e calmo como aquele? Perguntei-me por que não tinha percebido antes que havia algo de estranho e improvável no caso. Velas não se desfraldavam com o tempo bom, mar calmo e o navio imóvel como uma pedra. Deixei a amurada e fui em direção a Williams. Ele sabia de algo ou, pelo menos, tinha alguma suposição a respeito do caso que, para mim, era uma incógnita naquele momento. O menino continuava subindo, mas o que encontraria lá em cima? Foi isso que me assustou tanto. Deveria contar tudo o que eu sabia e imaginava? Mas a quem? Eu seria motivo de piada e...

Williams virou-se para mim.

– Deus! – ele exclamou. – Começou de novo!

– O quê? – perguntei, embora já soubesse a resposta.

– As velas – respondeu ele, com um gesto em direção ao joanete da proa.

Olhei rapidamente para cima. Todo o lado a sotavento da vela estava desfraldado, da camisa à gaxeta externa. Mais abaixo, eu vi Tom tentando içar-se para o cordame do mastaréu.

Williams falou novamente:

– Perdemos dois desse mesmo jeito.

– Dois homens! – exclamei.

– Sim! – ele disse laconicamente.

– Não consigo entender – continuei. – Ninguém me disse nada sobre isso.

– E como poderiam, se apenas eu sobrei para contar a história? – ele perguntou.

Não respondi à pergunta, na verdade, mal a escutei, pois novamente a urgência de tomar uma atitude a respeito daquilo se apossara de mim.

– Estou pensando em ir até a popa e contar ao segundo imediato tudo o que sei – disse eu. – Ele mesmo viu algo que não consegue explicar e... e de qualquer forma, não posso mais aguentar calado essa situação. Se o segundo imediato soubesse...

– Pfff! – ele me interrompeu, com escárnio. – Diria que você é um tremendo imbecil. Não se mexa. Fique onde está.

Uma grande indecisão tomou conta de mim. O que ele disse estava perfeitamente correto, e eu não sabia o que fazer para resolver a questão. Eu estava convencido de que era perigoso lá em cima, contudo, se alguém perguntasse os motivos para tais suspeitas, não saberia explicá-los. Mas para mim, o perigo estava claro como o dia. Eu me perguntei se, mesmo não sabendo a forma que aquilo assumiria, eu poderia detê-lo me juntando a Tom na verga. Esse pensamento ocorreu-me enquanto eu olhava para o joanete. Tom havia alcançado a vela e estava de pé no cordame, perto da camisa. Ele estava curvado sobre a verga, tentando prender a vela. E então, enquanto eu o observava, vi a barriga do joanete agitar-se abruptamente para cima e para baixo, como se atingida subitamente por uma forte rajada de vento.

– Com mil demônios...! – Williams começou a falar, com uma espécie de expectativa febril. E então parou, tão abruptamente quanto havia começado. Pois, em um instante, a vela acertou violentamente a parte de trás da verga, aparentemente derrubando Tom do cordame.

– Meu Deus! – berrei. – Ele caiu!

Por um instante, meus olhos ficaram embaçados e Williams gritou algo que eu não consegui escutar. Então, com a mesma rapidez, o borrão sumiu e pude enxergar de novo com clareza.

Williams estava apontando para algo e eu vi uma coisa escura balançando bem debaixo da verga. Williams gritou algo novo e correu para o cordame da proa. Só consegui entender o final da frase:

– ...na gaxeta.

Imediatamente eu soube que Tom havia dado um jeito de agarrar-se à gaxeta ao cair, então corri atrás de Williams para ajudá-lo a colocar o jovem em segurança.

No convés, ouvi o som de passos apressados e, em seguida, a voz do segundo imediato. Ele perguntou o que diabos estava acontecendo, mas não me dei ao trabalho de responder. Quis poupar todo o meu fôlego para subir.

Eu sabia muito bem que algumas gaxetas estavam velhas e frágeis, e, a menos que Tom conseguisse agarrar-se em algo na vela do joanete logo abaixo dele, poderia cair a qualquer momento. Cheguei ao cesto da gávea e entrei nele rapidamente. Williams estava um pouco acima de mim. Em menos de meio minuto, alcancei a verga do mastaréu. Williams havia subido até o joanete. Deslizei para o cordame do mastaréu até ficar bem embaixo de Tom, então mandei que ele soltasse a gaxeta para que eu pudesse pegá-lo. Ele não respondeu e percebi que, curiosamente, ele não estava segurando muito firme e jazia pendurado por uma das mãos.

A voz de Williams chegou até mim da verga do joanete. Ele pediu que eu subisse e lhe desse uma mão para puxar Tom para a verga. Quando o alcancei, ele falou que a gaxeta havia se enrolado em volta do pulso do garoto. Inclinei-me por cima da verga e olhei para baixo. Williams tinha razão e percebi que Tom havia escapado por pouco. Estranhamente, mesmo naquele momento, reparei que havia pouquíssimo vento. Lembrei-me da violência com que a vela havia açoitado o garoto.

Durante todo esse tempo, ocupei-me em desenrolar a linha do briol a bombordo. Peguei a extremidade, fiz com ela um nó corrediço na bolina em volta da gaxeta e deixei o laço deslizar pela cabeça e pelos ombros do menino. Então dei um puxão, apertando-o nos braços dele. Um minuto depois, tínhamos Tom em segurança na verga entre nós. Sob o fraco luar, pude apenas distinguir uma grande protuberância em sua testa, onde o pé da vela deve tê-lo acertado quando o derrubou.

Resolvemos esperar um pouco para recuperar o fôlego quando escutamos a voz do segundo imediato bem próxima de nós. Williams olhou para baixo, depois olhou para mim e deu uma risada curta, quase um grunhido.

– Caramba! – ele disse.

– O que foi? – perguntei mais do que depressa.

Ele balançou a cabeça. Virei um pouco o corpo, agarrando o tirante com uma mão e segurando o grumete inconsciente com a outra. Dessa forma, consegui olhar para baixo. A princípio, não pude ver nada. Então a voz do segundo imediato chegou até mim novamente.

– Quem diabos é você? O que está fazendo?

Consegui localizá-lo então. Ele estava de pé no cordame a barlavento do mastaréu, com o rosto voltado para cima, inspecionando a parte de trás do mastro. Vi apenas uma pálida e borrada forma oval ao luar.

Ele repetiu a pergunta.

– Somos apenas nós, senhor, Williams e eu – respondi. – O Tom aqui sofreu um acidente.

Aguardei. Ele começou a subir cada vez mais alto, sempre em nossa direção. De repente, ouvimos do cordame a sotavento um burburinho de homens conversando.

O segundo imediato nos alcançou.

– Bem, e então? – ele perguntou, desconfiado. – O que aconteceu?

Ele curvou-se para a frente e olhou para Tom. Comecei a explicar, mas ele me interrompeu:

– Ele morreu?

– Não, senhor – eu disse. – Acho que não, mas o pobre rapaz teve uma queda feia. Estava pendurado pela gaxeta quando o encontramos. A vela o derrubou da verga.

– O quê? – perguntou o imediato, bruscamente.

– O vento fez a vela açoitar a verga...

– Mas que vento? – interrompeu ele. – Quase não há vento. – Ele apoiou o peso no outro pé. – O que quer dizer?

– Exatamente o que o senhor escutou. O vento fez o pé da vela voar por cima da verga e derrubar o Tom do cordame. Williams e eu vimos acontecer.

– Mas não há vento suficiente para uma coisa dessas, você está delirando!

Achei que havia mais perplexidade do que qualquer outra coisa na voz dele, no entanto, o homem claramente estava desconfiado, embora, de que, eu duvidava que ele mesmo pudesse me dizer.

Ele olhou de relance para Williams e tive a impressão de que estava prestes a dizer algo. Então, parecendo mudar de ideia, virou-se e mandou que um dos homens que o seguira até o alto descesse e trouxesse um rolo novo de corda de cânhamo de oito centímetros e uma polia.

– E rápido! – ele ordenou.

– Sim, sim, senhor – disse o homem, que desceu sem demora.

O segundo imediato virou-se para mim.

– Quando baixarmos Tom, vou querer uma explicação melhor que a que você me deu. Não engoli essa história.

– Muito bem, senhor – respondi. – Mas não vai conseguir outra.

– O que quer dizer? – ele gritou comigo. – Saiba que não vou aturar impertinência de você ou de qualquer outra pessoa.

– Não quis ser impertinente, senhor... quis apenas dizer que é a única explicação que há para dar.

– Já disse que não engulo essa história! – ele repetiu. – Há alguma maldita gracinha nisso tudo. Terei de relatar o assunto ao capitão. Não posso repetir essa lorota a ele... – e calou-se abruptamente.

– Não é a única maldita gracinha que aconteceu a bordo dessa velha banheira – eu respondi. – O senhor, mais do que ninguém, deveria saber disso.

– O que quer dizer? – ele retrucou rapidamente.

– Bem, senhor – eu disse –, para ser franco, o que me diz daquele sujeito no mastro principal que o senhor nos mandou perseguir na outra noite? Até que foi uma história engraçada, não? Mas esta aqui não teve a menor graça.

– Basta, Jessop! – disse ele, com raiva. – Não quero mais ouvir uma palavra.

Mas algo na sua voz me disse que eu conseguira afetá-lo. De repente, ele não pareceu tão certo de que eu lhe contava uma história para boi dormir.

Depois disso, por cerca de meio minuto, ele não disse nada. Imaginei que estivesse ponderando sobre as minhas palavras. Quando falou novamente, orientou-nos a baixar o grumete para o convés.

– Um de vocês terá que descer a sotavento e ampará-lo – ele concluiu.

Ele virou-se e olhou para baixo.

– Trouxe a corda? – ele gritou.

– Sim, senhor – ouvi um dos homens responder.

Um momento depois, vi a cabeça do homem surgir no cesto de gávea. Ele trazia o rolo de corda de cânhamo em volta do pescoço e a polia equilibrada no ombro.

Em pouco tempo, tínhamos uma plataforma improvisada e baixamos Tom ao convés. Nós o levamos então até o castelo de proa e o colocamos em seu beliche. O segundo imediato mandou buscar um pouco de *brandy* e ministrou-lhe algumas doses. Ao mesmo tempo, alguns homens esfregaram as mãos e os pés do garoto. Logo ele começou a dar sinais de que voltaria a si. E então, após um súbito acesso de tosse, abriu os olhos, com uma expressão surpresa e desnorteada. Apoiou-se na beira do beliche e sentou-se, parecendo sofrer com vertigens. Um dos homens o firmou, enquanto o segundo imediato recuou e observou-o com um olhar crítico. O garoto levou a mão à cabeça, oscilando enquanto o fazia.

– Tome – disse o segundo imediato –, dê outro gole.

Tom prendeu a respiração e engasgou um pouco, depois falou:

– Santo Deus! – ele disse – Como minha cabeça dói.

Ele ergueu a mão novamente e apalpou o caroço na testa. Então inclinou-se para a frente e fitou os homens agrupados em torno do seu beliche.

– O que foi? – ele perguntou, de maneira um tanto confusa, como se não conseguisse enxergar claramente. – O que foi? – ele repetiu a pergunta.

– É exatamente o que eu quero saber! – exclamou o segundo imediato, falando pela primeira vez com certa severidade.

– Eu cochilei durante o trabalho? – Tom perguntou, ansioso.

Ele lançou um olhar suplicante para os homens.

– Perdeu o juízo com a pancada – disse um dos homens, de maneira audível.

– Não – eu disse, respondendo à pergunta de Tom –, você teve...

– Cale a boca, Jessop! – disse o segundo imediato rapidamente, interrompendo-me. – Quero ouvir o que o rapaz tem a dizer.

Ele virou-se novamente para Tom.

– Você estava no joanete da proa – ele lembrou-o.

– Não posso afirmar que sim, senhor – disse Tom, em dúvida. Pude ver que ele não havia compreendido o que o segundo imediato havia dito.

– Mas você estava! – disse o segundo, com alguma impaciência. – A vela estava desfraldada e mandei que você a prendesse com a gaxeta.

– Desfraldada, senhor? – perguntou Tom, estupidamente.

– Sim! Desfraldada. Está ouvindo?

A estupefação subitamente desapareceu do rosto de Tom.

– É verdade, senhor – disse ele, com a memória voltando. – A maldita vela enfunou com o vento. Me acertou em cheio, bem na cara. – Ele parou por um instante. – Creio... – ele prosseguiu e depois parou de novo.

– Vamos! – disse o segundo imediato. – Desembuche logo!

– Não sei, senhor – respondeu Tom. – Não consigo entender... – Ele hesitou novamente. – Isso é tudo que consigo lembrar – murmurou, colocando a mão no hematoma da testa, como se tentasse se lembrar de algo.

No momentâneo silêncio que caiu sobre o quarto, escutei a voz de Stubbins.

– Mas quase não há vento – disse ele, em um tom intrigado.

Houve um murmúrio de concordância dos homens ao redor.

O segundo imediato não disse nada e eu o observei com curiosidade. Perguntei-me se ele havia começado a perceber quão inútil era tentar encontrar uma explicação sensata. Será que ele finalmente havia começado a ligar os pontos e percebido a conexão entre aquilo que acabara de acontecer e o estranho caso do homem no mastro principal? *Agora*, tendo a pensar que sim, pois, após encarar Tom por alguns instantes, com ar incerto, ele saiu do castelo de proa dizendo que retomaria a investigação pela manhã. Contudo, quando a manhã chegou, não foi o que aconteceu. Quanto a relatar o caso ao capitão, duvido muito que ele tenha feito isso. Se o fez, provavelmente foi de maneira muito casual, pois não ouvimos mais uma palavra sobre o caso, embora, é claro, conversássemos sobre ele com bastante frequência, entre nós.

Com relação ao segundo imediato, mesmo agora eu fico um tanto intrigado com a forma com que ele nos tratou lá em cima. Por vezes, penso que ele deve ter suspeitado que tentávamos pregar alguma peça nele... talvez, na época, ele suspeitasse que um de nós estivesse, de alguma forma, conectado com o outro caso. Ou, de novo, tentou lutar contra a opressora convicção de que realmente havia algo de absurdo e bestial naquele velho paquete. Claro, eram apenas suposições.

E então, pouco tempo depois, novos acontecimentos vieram à tona.

O fim de Williams

Como eu disse, entre nós, a tripulação, muito se falou sobre o estranho acidente de Tom. Nenhum dos homens sabia que Williams e eu tínhamos visto aquilo *acontecer*. Stubbins deu sua opinião de que Tom caíra no sono e pisara em falso. Tom, é claro, não admitia de forma alguma essa hipótese. Ainda assim, não havia ninguém a quem recorrer, pois, naquela época, ele ignorava, como o resto dos homens, que tínhamos visto a vela voar sobre a verga.

Stubbins insistiu que, logicamente, não podia ser o vento. Não havia vento, ele disse, e os outros homens concordaram com ele.

– Bem – eu disse –, não sei, não. Estou inclinado a pensar que o Tom disse a verdade.

– Mas como poderia ser? – Stubbins perguntou, incrédulo. – Não havia vento suficiente.

– E o calombo na testa dele? – repliquei, em contrapartida. – Como explica isso?

– Talvez ele tenha dado uma topada em algum lugar quando escorregou – ele respondeu.

– Muito provavelmente – concordou o velho Jaskett, que estava sentado em um baú perto dele, fumando.

– Bem, os dois estão muito longe da verdade! – Tom se intrometeu, já acalorado. – Eu não estava dormindo, e a vela enfunada me atingiu em cheio.

– Não seja impertinente, rapaz – disse Jaskett.

Argumentei novamente:

– Há outra coisa, Stubbins, a gaxeta na qual Tom se pendurou estava na parte de trás da verga. Não parece atestar que o vento soprou sobre ele? E se havia vento suficiente para enfunar a vela, havia também para nocauteá-lo.

– O que quer dizer, que o vento soprou embaixo da verga ou sob o cesto da gávea? – ele perguntou.

– Pelo cesto, é claro. E digo mais, a base da vela estava sobre a parte de trás da verga, toda curvada.

Stubbins ficou claramente surpreso com essa afirmação, mas antes que ele apresentasse sua próxima objeção, Plummer falou:

– Você viu isso?

– Com meus próprios olhos! – respondi, um pouco rispidamente. – Assim como Williams e o segundo imediato, aliás.

Plummer calou-se e pôs-se a fumar, Stubbins voltou ao ataque.

– Tom deve ter encostado na base quando agarrou-se à gaxeta e puxado a vela sobre a verga quando caiu.

– Não! – interrompeu Tom. – A gaxeta estava embaixo da vela. Eu nem a vi. Também não tive tempo de encostar na base da vela, antes que ela enfunasse e me desse um tapa na cara.

– Então como conseguiu agarrar-se à gaxeta quando caiu? – perguntou Plummer.

– Ele não fez isso – respondi por Tom. – Ela estava enrolada em volta do pulso dele. Foi assim que o encontramos pendurado.

– Quer dizer que ele não se agarrou à gaxeta? – perguntou Quoin, fazendo uma pausa antes de acender o cachimbo.

– Isso mesmo – eu disse. – Um sujeito não consegue se pendurar em uma corda depois de levar um tremendo golpe.

– Você tem razão – concordou Jock. – Tem razão nesse ponto, Jessop.

Quoin terminou de acender o cachimbo.

– Não sei, não – disse ele.

Prossegui, sem lhe dar atenção:

– De qualquer forma, quando eu e Williams o encontramos, ele estava pendurado pela gaxeta, com algumas voltas de corda no pulso. E além disso, como eu disse antes, a base da vela estava no lado de trás da verga e o peso de Tom na gaxeta a manteve lá.

– É tudo muito esquisito – disse Stubbins, com um tom de voz intrigado. – Não parece haver nenhum modo de obter uma explicação decente dessa história.

Fitei Williams com um olhar significativo, que sugeria que eu estava tentado a contar tudo o que vimos, mas ele balançou a cabeça e, após ponderar um pouco, pareceu-me que não havia nada a ganhar com aquilo. Não tínhamos uma ideia muito clara do que havia acontecido e nossas suposições e hipóteses apenas fariam com que a história parecesse ainda mais grotesca e improvável. A única coisa a fazer era esperar e observar. Se surgisse uma prova concreta, poderíamos então contar tudo o que sabíamos sem medo do ridículo.

Despertei abruptamente daqueles pensamentos.

Stubbins estava falando novamente. Ele discutia o assunto com outro marinheiro.

– Pois bem, sem vento a coisa é impossível, mas ainda assim...

O homem o interrompeu com algum comentário que realmente não consegui entender.

– Não – ouvi Stubbins dizer. – Não faço a menor ideia do que aconteceu. Estou no escuro quanto a isso. Parece uma daquelas malditas histórias de pescador.

– Veja o pulso dele! – eu disse.

Tom estendeu a mão e o braço direitos para inspeção. Havia um considerável inchaço onde a corda estivera.

– Sim – admitiu Stubbins. – Estou vendo, mas isso não quer dizer nada.

Não respondi. Como Stubbins disse, aquilo não queria dizer "nada". E resolvi deixar a questão para lá. Contudo, relatei essa conversa para mostrar como trataram a questão no castelo de proa. Ainda assim, ela não ocupou nossas mentes por muito tempo, pois, como eu disse, houve novos acontecimentos.

As três noites seguintes passaram tranquilamente, e então, na quarta, todos aqueles curiosos sinais e pistas culminaram de repente em algo extraordinariamente sinistro. Ainda assim, eram tão sutis e intangíveis, como, de fato, o acontecimento em si, que apenas aqueles que realmente tinham sentido o medo invadi-los pareciam capazes de compreender o terror da situação. Os homens, em sua maioria, começaram a dizer que o navio estava encantado e, é claro, como sempre, discutiu-se a possibilidade de haver um agourento a bordo. Contudo, não posso afirmar que eles perceberam que havia algo de horrível e assustador naquilo tudo, pois estou certo de que alguns devem ter cogitado essa hipótese, e creio que Stubbins sem dúvida era um deles, embora ele não tenha compreendido, na época, o significado implícito nos muitos acontecimentos estranhos que perturbavam as nossas noites. De alguma forma, ele não parecia capaz de compreender o elemento de perigo pessoal que, para mim, já estava mais do que claro. Suponho que lhe faltava a imaginação necessária para unir as peças do quebra-cabeça e traçar a natural sequência dos acontecimentos e suas consequências. Porém, não posso esquecer, é claro, que ele não tinha conhecimento daqueles dois primeiros incidentes. Se tivesse, talvez houvesse compartilhado meus pontos de vista. Até aquele momento, ele não parecia disposto a ceder, sequer na questão de Tom e da vela do joanete. Mas depois do que estou prestes a contar a você, ele pareceu enxergar a escuridão e considerar as possibilidades.

Lembro-me bem da quarta noite. Estava clara, estrelada e sem luar: pelo menos, achei que não havia lua, ou talvez que ela fosse apenas um fino crescente, pois estava perto da hora das trevas.

O vento havia aumentado um pouco, mas continuava estável. Navegávamos a cerca de seis ou sete nós por hora. Era o nosso turno no convés e ouvia-se apenas o sopro e o zumbido do vento lá em cima. Williams e eu éramos os únicos no convés principal. Ele estava debruçado sobre a amurada a barlavento, fumando, enquanto eu caminhava para lá e para cá entre ele e a escotilha dianteira. Stubbins era a sentinela.

Dois sinos haviam soado há alguns minutos e eu desejava ardentemente que já fossem oito horas para encerrar o turno. De repente, lá no alto, soou um estalo agudo, como o ruído de um disparo de rifle. A ele seguiu-se imediatamente o barulho e estrondo de uma lona fustigada pelo vento.

Williams afastou-se da amurada com um pulo e saiu correndo. Eu o segui, e juntos, olhamos para cima, a fim de ver o que havia acontecido.

Indistintamente, percebi que a escota do mastaréu da proa havia sumido. O punho de vela girava e golpeava o ar e, de tempos em tempos, acertava a verga de aço com um baque semelhante à pancada de uma grande marreta.

– É a grilheta ou um dos elos que se foi, creio eu – gritei para Williams o mais alto que pude, tentando vencer o barulho da vela. – A armação está golpeando a verga.

– Sim! – ele gritou de volta e foi pegar a linha do punho de vela.

Corri para lhe dar uma mão. No mesmo instante, ouvi a voz do segundo imediato na popa, gritando. Depois, o barulho de passos apressados e, quase em seguida, o resto dos vigias e o segundo imediato surgiram diante de nós. Em poucos minutos, baixamos a verga e arrumamos o punho de vela. Então eu e Williams trepamos no mastro para ver onde a escota tinha ido. Aconteceu o que eu havia imaginado: a armação estava em ordem, mas a cavilha saíra da grilheta e esta última estava presa na roldana que havia no braço da verga.

Williams mandou-me buscar outra cavilha enquanto ele endireitava a linha do punho de vela e a enfiava na argola da escota. Quando voltei com a peça nova, parafusei a cavilha na grilheta, prendi-a na linha do punho e gritei para os homens puxarem a corda. Eles fizeram isso e, no segundo puxão, a grilheta desprendeu-se. Quando já estava alta o suficiente, subi na verga do mastaréu e segurei a grilheta, enquanto Williams a prendia à armação. Então ele curvou-se sobre o novo punho de vela e gritou ao segundo imediato que estávamos prontos para ser içados.

– É melhor você descer e ajudar a puxar – disse ele. – Eu fico aqui para iluminar a vela.

– Certo, Williams – respondi, pisando no cordame. – Não deixe o fantasma do navio pegar você.

Fiz esse comentário em um momento de descontração, tal como ocorre com aqueles que estão lá no alto, às vezes. Eu estava alegre naquele momento e livre da sensação de medo que sempre me acompanhava. Imagino que estivesse desse jeito devido ao frescor do vento.

– Tem mais de um! – ele disse, daquele seu jeito peculiar, curiosamente conciso.

– O quê? – perguntei.

Ele repetiu a observação.

Fiquei subitamente sério. A *realidade* de todos os detalhes absurdos das últimas semanas voltaram na minha cabeça, vívidas e bestiais.

– O que quer dizer, Williams? – perguntei.

Mas ele não respondeu.

– O que você sabe… o quanto você sabe? – insisti. – Porque nunca me disse que…

A voz do segundo imediato interrompeu-me, abruptamente:

– Ei, vocês aí em cima! Vão nos deixar esperando a noite inteira? Um de vocês desça e nos dê uma mão com as adriças. O outro fica aí em cima para iluminar o equipamento.

– Sim, sim, senhor – gritei de volta.

Então, virei-me para Williams, apressadamente.

– Olhe aqui, Williams, se você acha que é *realmente* perigoso ficar aqui em cima sozinho… – Hesitei, tentando encontrar as palavras para expressar o que eu queria dizer. Então acrescentei: – Bem, fico feliz em acompanhá-lo.

A voz do segundo imediato veio novamente.

– Vamos, desça logo! Mexa-se! O que diabos está fazendo?

– Estou indo, senhor! – gritei em resposta. – Quer que eu fique? – perguntei, por fim.

– Pfff! – ele resmungou. – Não se preocupe. Não saio daqui até receber o maldito pagamento. Que se danem. Não tenho medo deles.

Desci. Foram as últimas palavras que Williams dirigiu a um ser humano.

Cheguei ao convés e ocupei meu lugar atrás das adriças.

Tínhamos quase içado a verga e o segundo imediato fitava o contorno escuro da vela, pronto para berrar "Amarrem!" quando, de repente, ouvimos William gritar de um jeito estranho e abafado.

– Continuem içando, homens – mandou o segundo imediato.

Ficamos em silêncio, escutando.

– O que foi, Williams? – ele gritou. – Está tudo certo aí em cima?

Por quase meio minuto ficamos imóveis, escutando, mas não houve resposta. Alguns homens disseram depois que ouviram soar fracamente um curioso barulho estridente e vibrante no alto, apesar do zumbido e turbilhão do vento, como o som de cordas soltas sendo sacudidas e açoitadas. Se esse ruído realmente existiu ou foi fruto da imaginação daqueles homens, não sei dizer. Não ouvi nada semelhante, porém, eu estava na extremidade da corda e ainda mais longe do cordame da proa, enquanto os que alegaram escutar o barulho estavam na parte dianteira das adriças e perto das enxárcias.

O segundo imediato levou as mãos à boca:

– Está tudo bem aí? – gritou novamente.

A resposta veio, ininteligível e inesperada:

– Malditos sejam... cá estou eu... pensaram que... eu abriria mão... pagamento...

E então houve um súbito silêncio.

Encarei a vela às escuras, atônito.

– Ele enlouqueceu! – disse Stubbins, a quem mandaram sair do posto de observação para ajudar a puxar.

– Isso não é novidade – disse Quoin, que estava de pé à minha frente. – Ele sempre foi esquisito.

– Silêncio aí! – gritou o segundo imediato. E depois: – Williams!

Não houve resposta.

– Williams! – berrou de novo, mais alto.

Ainda sem resposta.

E então, perdendo a paciência, o segundo imediato gritou:

– Maldito seja, seu *cockney* de uma figa! Não está me ouvindo? Com mil demônios, você ficou surdo?

Não houve resposta, e o segundo imediato virou-se para mim.

– Suba agora mesmo, Jessop, e veja o que há de errado!

– Sim, senhor – assenti e corri para o cordame. Estava com uma sensação estranha. Será que Williams havia enlouquecido? Sem dúvida, ele sempre fora um pouco excêntrico. E se (o pensamento brotou de supetão) ele tivesse visto... mas não consegui completar o raciocínio. De repente, lá no alto, soou um grito terrível. Eu parei, com a mão no mastro. No instante seguinte, algo caiu da escuridão, um objeto pesado, que atingiu o convés com um tremendo estrondo, próximo aos homens que aguardavam. O barulho alto, sonoro e arquejante me deixou atônito. Vários homens berraram de medo e, com o susto, soltaram as adriças, mas felizmente a boça da amarra as retiveram e a verga não veio abaixo. Então, durante alguns segundos, pairou um silêncio mortal entre a tripulação, e pareceu-me que o próprio vento soprava com uma estranha nota de lamento.

O segundo imediato foi o primeiro a falar. Sua voz foi tão abrupta que me assustou.

– Alguém pegue uma lanterna, rápido!

Houve um momento de hesitação.

– Ei, você, Tammy! Pegue uma das lamparinas da bitácula.

– Sim, senhor – disse o menino, com voz trêmula, apressando-se até a popa.

Em menos de um minuto, vi a luz vindo em nossa direção ao longo do convés. O menino estava correndo. Ele nos alcançou e entregou a lamparina ao segundo imediato, que a pegou e foi até a pilha escura no convés. Ele pôs a luz diante de si e iluminou a coisa.

– Meu Deus! – ele exclamou. – É Williams!

Ele se abaixou com a luz e pude ver os detalhes. Era mesmo Williams. O segundo imediato mandou alguns homens levantá-lo e colocá-lo embaixo do convés. Em seguida, foi à popa chamar o capitão. Voltou poucos minutos depois com uma velha bandeira, com a qual cobriu o pobre coitado. Quase que imediatamente, o capitão surgiu apressado no convés. Ele ergueu o pano e olhou o corpo, então baixou a bandeira, em silêncio, e o segundo imediato explicou tudo o que sabíamos do caso, em poucas palavras.

– Onde o senhor acha que ele pode ficar? – ele perguntou, após ter contado tudo.

– A noite está boa – disse o capitão. – Podemos deixar o pobre diabo aí mesmo.

Ele virou-se e voltou lentamente para a popa. O homem que estava segurando a lamparina iluminou o local onde Williams havia caído no convés.

O segundo imediato falou de maneira áspera:

– Peguem uma vassoura e alguns baldes.

Ele virou-se rapidamente e ordenou que Tammy fosse para o tombadilho.

Tão logo verificou que a verga do mastro estava içada e as cordas tinham sido retiradas do convés, o segundo imediato procurou Tammy. Ele sabia muito bem que não seria nada bom o garoto pensar demais no pobre infeliz que jazia sob o convés e descobri, pouco depois, que dera algo para o menino ocupar seus pensamentos.

Depois que eles se dirigiram à popa, fomos para o castelo de proa. Todos os tripulantes estavam taciturnos e assustados. Durante algum tempo, ficamos sentados em nossos beliches e baús, em silêncio. Os outros companheiros dormiam, sem saber o que havia acontecido.

De repente, Plummer, que estivera no leme, pulou sobre a tábua a estibordo e entrou no castelo de proa.

– O que aconteceu, afinal? – perguntou. – Williams se machucou muito?

– Psiu – murmurei. – Vai acordar os outros. Quem assumiu o leme?

– Tammy, por ordens do segundo. Ele disse que eu poderia sair para fumar e que Williams havia caído.

Ele calou-se e percorreu com o olhar o castelo de proa.

– Onde ele está? – perguntou, com um tom de voz um tanto intrigado.

Olhei para os outros, mas ninguém parecia disposto a falar sobre aquilo.

– Ele caiu do cordame do mastaréu! – eu disse.

– Mas onde ele está? – repetiu.

– Espatifou-se. Nesse momento, está debaixo do convés – eu disse.

– Morto?

Assenti.

– Achei mesmo que era algo muito ruim, para o Velho sair de sua cabine. Como aconteceu?

Ele olhou em volta para todos nós sentados em silêncio e fumando.

– Ninguém sabe – respondi, olhando para Stubbins. Ele estava me encarando, com ar de dúvida.

Após um momento de silêncio, Plummer falou novamente.

– Ouvi um grito, quando estava ao leme. Ele deve ter se machucado quando estava lá em cima.

Stubbins riscou um fósforo e começou a reacender o cachimbo.

– O que quer dizer? – ele perguntou, falando pela primeira vez.

– O que eu quero dizer? Bem, não sei. Talvez ele tenha prendido os dedos entre a troça e o mastro.

– E a resposta atravessada que ele deu ao segundo imediato? Também foi porque prendeu os dedos? – observou Quoin.

– Não sei de nada disso – disse Plummer. – Você ouviu Williams dizer alguma coisa?

– Creio que todo mundo nesse maldito navio o escutou – Stubbins respondeu. – Mesmo assim, não estou certo de que ele *estava* falando com o segundo imediato. A princípio, achei que Williams havia enlouquecido e estivesse xingando o segundo, mas de alguma forma isso não me parece provável, pensando agora. Não faria sentido xingá-lo. Não havia motivo para isso. E digo mais: ele não parecia estar falando com a gente no convés, pelo que eu vi. Além disso, por que ele falaria com o segundo sobre o seu pagamento?

Ele olhou na minha direção. Jock, que estava fumando, silenciosamente, no baú ao meu lado, tirou devagar o cachimbo do meio dos dentes.

– Acho que é bem por aí, Stubbins, na minha opinião. Bem por aí – disse ele, acenando com a cabeça.

Stubbins continuou me olhando.

– O que pensa disso tudo? – ele perguntou de repente.

Talvez tenha sido apenas minha imaginação, mas tive a impressão de que a pergunta trazia um significado mais profundo do aparentava.

Devolvi o olhar. Eu não podia dizer o que eu pensava.

– Não sei! – respondi, um pouco aéreo. – Não creio que ele estivesse xingando o segundo imediato. Pelo menos foi a impressão que tive.

– É exatamente o que penso – respondeu ele. – Outra coisa… não lhe parece estranho que Tom quase tenha caído na outra noite e agora *isso*?

Concordei com ele com um aceno de cabeça.

– Teria acontecido o mesmo com Tom, não fosse pela gaxeta. – Ele fez uma pausa. Após um momento, prosseguiu. – E, com mil demônios, isso foi há três ou quatro noites!

– Bem – disse Plummer –, o que está insinuando?

– Nada – respondeu Stubbins. – Honestamente, é tudo muito estranho. Parece que esse navio é azarado, afinal de contas.

– Bem – concordou Plummer. – Devo admitir que as coisas têm andado muito esquisitas ultimamente, e agora acontece isso. Vou segurar muito bem no cordame, da próxima vez que subir.

O velho Jaskett tirou o cachimbo da boca e suspirou.

– As coisas vão mal quase todas as noites – disse ele, quase pateticamente. – Há uma grande diferença do dia em que zarpamos. Achei que fosse uma maldita bobagem essa história de o navio ser assombrado, mas, aparentemente, não é. – Ele calou-se e escarrou.

– Ele não é assombrado – disse Stubbins. – Pelo menos, não como você diz...

Fez uma pausa, como se tentasse definir um pensamento vago.

– E então, não vai continuar? – perguntou Jaskett, nesse intervalo.

Stubbins continuou, sem perceber a pergunta. Não pareceu se dirigir a Jaskett, e sim a algum pensamento que havia se formado em seu próprio cérebro:

– As coisas andam muito esquisitas... e o que aconteceu hoje foi terrível. Não entendi nada que Williams disse lá no alto. Quem sabe ele tinha algo em mente...

Então, após uma pausa de cerca de meio minuto, ele disse o seguinte:

– Mas com *quem* ele estava falando?

– E então? – perguntou novamente Jaskett, com uma expressão intrigada.

– Eu estava pensando – disse Stubbins, apagando o cachimbo na borda do baú – que talvez você tenha razão, afinal.

Outro homem ao leme

A conversa esmoreceu. Todos estavam taciturnos e abalados, e posso garantir que eu, por exemplo, estava tendo alguns pensamentos bastante problemáticos.

De repente, ouvi o som do apito do segundo imediato. Então sua voz veio do convés:

– Outro homem ao leme!

– Está chamando alguém na popa para render quem está ao leme – disse Quoin, que tinha ido até a porta para escutar. – É melhor você se apressar, Plummer.

– Que horas são? – perguntou Plummer, levantando-se e apagando o cachimbo. – Deve estar perto dos quatro sinos. De quem é a vez de assumir o leme?

– Está tudo bem, Plummer – eu disse, levantando-me do baú em que eu estava sentado. – Já vou indo. É a minha vez e falta pouco para os quatro sinos.

Plummer sentou-se novamente e eu saí do castelo de proa. Chegando à popa, encontrei Tammy a sotavento, vagando para lá e para cá.

– Quem está ao leme? – perguntei a ele, espantado.

– O segundo imediato – respondeu, com voz trêmula. – Está esperando que o rendam. Vou contar a ele tudo o que sei assim que tiver uma chance.

Fui até o leme.

– Quem está aí? – o segundo perguntou.

– Jessop, senhor – respondi.

Ele me informou o curso e então, sem dizer mais uma palavra, seguiu para a popa. No tombadilho, escutei-o chamar Tammy, e depois, por alguns minutos, falar com ele, embora o teor da conversa eu não tenha conseguido decifrar. De minha parte, eu estava tremendamente curioso para saber por que o segundo imediato havia assumido o leme. Eu sabia que se fosse apenas por causa da inabilidade de Tammy, ele não teria sonhado em fazer tal coisa. Algo estranho havia acontecido, disso eu tinha certeza.

Por fim, o segundo imediato deixou Tammy e começou a caminhar pelo lado a barlavento do convés. Em um momento, veio diretamente para a popa e, abaixando-se, espiou embaixo da casa do leme, mas não me dirigiu a palavra. Após alguns minutos, desceu a escada a barlavento e seguiu em direção ao convés principal. Logo depois, Tammy veio correndo para o lado a sotavento da casa do leme.

– Eu vi aquilo de novo! – ele disse, ofegando de puro nervosismo.

– O quê? – perguntei.

– Aquela *coisa* – respondeu ele.

Então ele se inclinou sobre a casa do leme e abaixou a voz.

– Veio pela amurada a sotavento... *saiu do mar* – acrescentou ele, com um ar de quem sabia que estava dizendo algo inacreditável. – Tentei me aproximar dele, mas estava muito escuro para ver seu rosto com distinção. Subitamente, senti que minha voz estava rouca. "Meu Deus!", pensei. Então, fiz um esforço para protestar, mas ele me interrompeu, desesperado, com certa impaciência.

– Pelo amor de Deus, Jessop – disse ele –, pare com isso! Não adianta negar. Preciso conversar com alguém, senão vou enlouquecer.

Percebi o quão inútil era fingir ignorância. De fato, eu realmente sabia que o jovem precisava desabafar e o evitava justamente por isso, como você já sabe.

– Vá em frente – eu disse. – Vou escutá-lo, mas é melhor ficar de olho no segundo imediato, ele pode aparecer a qualquer momento.

Por um instante, ele não disse nada. Eu o vi inspecionar furtivamente a popa.

– Vá em frente – eu repeti. – É melhor se apressar ou ele vai aparecer antes que tenha terminado. O que ele estava fazendo ao leme quando eu subi para rendê-lo? Por que assumiu o seu lugar?

– Ele não assumiu – Tammy respondeu, virando o rosto para mim. – Eu é que saí correndo.

– Por que motivo? – perguntei.

– Espere um minuto – respondeu ele –, vou lhe contar tudo. Você sabe que o segundo imediato me mandou para o leme, depois que *aquilo* aconteceu…

Fez um movimento com a cabeça, indicando a proa.

– Sim – eu disse.

– Bem, fiquei aqui por cerca de dez ou quinze minutos, sentindo-me mal por causa de Williams, tentando esquecer aquilo e manter o navio no curso certo e tudo o mais, quando, de repente, olhei a sotavento e lá estava ele subindo pela amurada. Meu Deus! Eu não sabia o que fazer. O segundo imediato estava lá na frente, no tombadilho, e eu aqui sozinho. Fiquei gelado de pavor. Quando aquilo veio na minha direção, soltei o leme e saí correndo, gritando pelo segundo imediato. Ele me segurou e me sacudiu, mas eu estava tão apavorado que não consegui dizer uma palavra. A única coisa que fiz foi apontar. O segundo ficava me perguntando: "Onde está ele?". E então, de repente, descobri que eu não conseguia mais enxergar a coisa. Não sei se ele a viu. Não faço a menor ideia. Ele apenas me mandou voltar ao leme e parar de fazer papel de idiota. Eu me recusei veementemente. Então ele soprou o apito e gritou para alguém vir à popa rendê-lo. Depois correu e assumiu o leme. O resto você sabe.

– Tem certeza de que pensar em Williams não o fez imaginar coisas? – perguntei, mais com o intuito de ganhar tempo para pensar do que por acreditar nas minhas próprias palavras.

– Achei que fosse me levar a sério! – disse ele, com amargura. – Se não acredita em mim, o que me diz do sujeito que o segundo imediato viu? E de Tom? E de Williams? Pelo amor de Deus! Não tente me confundir como fez da última vez. Quase enlouqueci, ansiando por alguém que me ouvisse sem gozações. Eu poderia suportar qualquer coisa sozinho, menos isso. Você é um bom sujeito, não finja que não entende o que estou dizendo. O que tudo isso significa? O que é esse homem horrível que já vi duas vezes? Você sabe de algo e acredito que esteja com medo de contar a alguém e ser ridicularizado. Por que não me conta? Não precisa ter medo, garanto que não vou rir.

Ele calou-se de repente. Naquele instante, eu não soube o que responder.

– Não me trate como criança, Jessop! – ele exclamou, acalorado.

– Não farei isso – eu disse, com uma súbita resolução de contar tudo ao menino. – Também preciso de alguém com quem conversar, tanto quanto você.

– O que isso tudo significa, então? – ele explodiu. – Eles são reais? Sempre achei que essas coisas não passavam de conversa fiada.

– Certamente não faço ideia do que isso significa, Tammy – respondi. – Estou tão no escuro quanto você. E não sei se eles são reais... isto é, como as coisas que consideramos reais. Você não sabe, mas algumas noites antes de você ver aquela coisa, eu vi algo estranho no convés principal.

– Você viu o que eu vi? – ele me interrompeu, rapidamente.

– Sim – respondi.

– Então por que disse o contrário? – perguntou, com reprovação. – Não sabe o estado em que me deixou. Eu estava certo de que tinha visto algo e você continuou afirmando categoricamente que não vira nada. Cheguei a pensar que havia perdido o juízo... até o segundo imediato ver o homem subir pelo mastro principal. Então eu soube que não era a minha imaginação, que realmente havia acontecido algo.

– Achei, talvez, que se eu dissesse que não tinha visto, você acabaria pensando que se enganou – eu disse. – Queria que você pensasse que era a sua imaginação, um sonho ou algo do tipo.

– Durante esse tempo todo, você manteve em segredo essa outra coisa que viu? – ele perguntou.

– Sim – respondi.

– Foi muito decente da sua parte – disse ele –, mas não me fez nenhum bem – ele parou por um momento. Então continuou: – O que aconteceu com Williams foi terrível. Você acha que ele viu alguma coisa lá em cima?

– Não sei, Tammy – eu disse. – É impossível dizer. Pode ter sido apenas um acidente – hesitei em dizer a ele o que eu pensava de fato.

– O que foi aquilo sobre o pagamento? Com quem ele estava falando?

– Não sei – eu disse, novamente. – Ele sempre falava que o navio lhe devia dinheiro. Não sei se você sabe, mas ele permaneceu a bordo quando todos os outros tripulantes foram embora. Ele declarou que não abriria mão do seu pagamento por nada deste mundo.

– Por que o outro grupo partiu? – ele perguntou. Então, uma ideia pareceu atingi-lo – Caramba! Você acha que eles viram algo e ficaram com medo? É bem possível. Sabe, nos juntamos à tripulação apenas em Frisco. Este navio não tinha aprendizes. Mas o nosso foi vendido, então tivemos que embarcar neste para voltar para casa.

– Pode ser – eu disse. – Na verdade, pelas coisas que ouvi Williams dizer, estou certo de que ele viu ou sabia muito mais do que imaginamos.

– E agora ele está morto! – disse Tammy, solenemente. – Nunca saberemos agora.

Por alguns momentos, ele ficou em silêncio. Então retomou o assunto.

– Já aconteceu algo no turno do imediato?

– Sim – respondi. – Muitas coisas estranhas têm acontecido ultimamente. Alguns homens do turno dele comentam entre si o assunto. Mas ele é muito teimoso para enxergar o que está diante de seus olhos. Só sabe berrar e pôr a culpa em seus camaradas.

– Ainda assim – ele insistiu –, as coisas parecem acontecer mais na nossa vigília do que na dele... quero dizer, as coisas mais importantes. Como esta noite, por exemplo.

– Sabe que não há provas disso – eu disse.

Ele balançou a cabeça, em dúvida.

– Sempre vou ficar com medo quando subir, a partir de hoje.

– Bobagem! – exclamei. – Pode ter sido apenas um acidente.

– Não faça isso! – ele disse. – Você sabe que não foi o que aconteceu.

Não respondi nada, pois sabia muito bem que ele estava certo. Ficamos em silêncio por alguns momentos.

Então ele falou de novo:

– O navio está assombrado?

Por um instante, hesitei.

– Não. Não creio que esteja. Quer dizer, não dessa forma – eu disse por fim.

– De que forma, então?

– Bem, criei uma espécie de teoria, que, por um momento, me soou plausível, mas que depois me pareceu loucura. Claro, é provável que não seja nada disso, mas é a única coisa que, na minha opinião, parece se encaixar em todas as situações bestiais que temos vivenciado ultimamente.

– Continue – ele disse, com um movimento nervoso e impaciente.

– Tenho a impressão de que não há nada *a bordo* do navio que possa nos machucar. Não sei como explicar, mas, se eu estiver certo, o próprio navio é a causa de tudo.

– O que quer dizer? – ele perguntou, com uma voz confusa. – Que o navio é assombrado, afinal?

– Não! – exclamei prontamente. – Acabei de dizer que não. Espere até eu terminar de falar.

– Ok! – ele respondeu.

– Sobre aquela coisa que você viu esta noite – continuei. – Você disse que ela subiu pela amurada a sotavento, no tombadilho?

– Sim – ele assentiu.

– Bem, a coisa que eu vi *saiu do mar e voltou para o mar*.

– Minha nossa! – ele exclamou, e então: – Sim, continue!

– Penso que este navio é suscetível a essas coisas, por isso elas conseguem embarcar quando bem entendem – expliquei. – O que elas são, é claro que eu não sei. Elas se parecem com homens... de várias maneiras. Mas... bem, sabe Deus o que há no mar. É claro que, embora seja melhor não imaginar bobagens, me parece uma estupidez descartar uma hipótese simplesmente classificando-a como absurda. E continuo nesse pensamento circular, por mais que tente encontrar uma solução. Não sei se elas são de carne e osso ou aquilo que chamamos de fantasmas ou espíritos.

– Não podem ser de carne e osso – interrompeu Tammy. – Onde viveriam? Além disso, tive a impressão de que eu conseguia enxergar através da primeira coisa que vi. E esta última... o segundo imediato a teria visto. E elas se afogariam...

– Não necessariamente – eu disse.

– Ah, tenho certeza de que não – insistiu. – É impossível...

– Fantasmas também são impossíveis... se pensarmos racionalmente – respondi. – Mas não estou dizendo que *sejam* de carne e osso, embora, ao mesmo tempo, não possa afirmar que elas sejam fantasmas... ainda não, de qualquer maneira.

– Mas de onde elas vêm? – ele perguntou, estupidamente.

– Do mar – eu disse a ele. – Você mesmo viu!

– Então por que não invadem outras embarcações? – ele perguntou. – Como você explicaria isso?

– De certa forma... embora às vezes me pareça loucura pensar assim... acho que posso explicar, segundo minha hipótese – respondi.

– Como? – ele perguntou novamente.

– Ora, acredito que essa embarcação é suscetível, como eu lhe disse... está exposta, desprotegida, ou como você preferir chamá-la. Devo dizer que é razoável pensar que todas as coisas do mundo material são excluídas, por assim dizer, do mundo imaterial, mas que em alguns casos essa barreira pode ser quebrada. Isso é o que pode ter acontecido com este navio. E, se for o caso, ele está vulnerável ao ataque de criaturas que pertencem a outro estado de existência.

– Mas o que o fez ser assim? – ele perguntou, com um tom de voz genuinamente aterrorizado.

– Só Deus sabe! – respondi. – Talvez seja algo relacionado a campos magnéticos, mas você não entenderia e eu tampouco. E, ainda assim, no meu íntimo, não acredito que seja o caso, nem por um minuto. Eu não sou assim. De qualquer forma, não sei. Talvez tenha acontecido alguma coisa ruim neste navio. Ou, novamente, é muito mais provável que seja algo completamente alheio ao meu conhecimento.

– Se eles são imateriais, quer dizer que são espíritos? – ele questionou.

– Não sei – disse eu. – É tão difícil expressar o que eu realmente penso, sabe? Essa ideia esquisita saiu da minha cabeça, mas, no meu âmago, não consigo acreditar nela.

– Prossiga! – ele disse, imperioso.

– Bem, suponhamos que a Terra seja habitada por dois tipos de criaturas. Nós somos um e *elas* o outro.

– Prossiga! – repetiu.

– Em estado normal, talvez não fôssemos capazes de apreciar a *realidade* do outro, sabe? Mas eles podem ser tão reais e materiais como nós. Entendeu?

– Sim – ele disse. – Continue!

– A Terra pode ser tão real para eles quanto é para nós. Isto é, pode ter qualidades materiais que eles apreciam, como ocorre conosco, mas nenhum de nós poderia apreciar a realidade do outro ou as características da realidade da Terra que são reais para o outro. É tão difícil de explicar. Está acompanhando?

– Prossiga!

– Se estivéssemos no que eu chamaria de "ambiente saudável", elas estariam muito além do nosso poder de ver, sentir ou qualquer outra coisa. E o mesmo ocorre com elas, mas quanto mais somos *assim*, mais *reais* e verdadeiras elas *nos* parecem. Entende? Ou seja, quanto mais somos capazes de perceber sua forma de materialidade. E isso é tudo. Não sei como explicar de maneira mais clara.

– Então, no final das contas, você *realmente* acha que eles são fantasmas ou algo do tipo? – perguntou Tammy.

– Suponho que venha a ser isso – respondi. – Quero dizer, de qualquer maneira, eu não acho que elas representem a ideia que fazemos de um homem de carne e osso. Mas, evidentemente, é tolice afirmar isso, e, afinal, você deve se lembrar que eu posso estar completamente equivocado.

– Acho que você deveria contar tudo isso ao segundo imediato – disse ele. – Se for realmente como você diz, o navio deve ser ancorado no porto mais próximo e queimado de cima a baixo.

– O segundo imediato não poderia fazer nada a respeito – respondi –, mesmo se acreditasse em nós, o que provavelmente não aconteceria.

– Talvez não – falou Tammy –, mas se você conseguisse convencê-lo, talvez ele contasse ao capitão e, quem sabe, algo seria feito. Não estamos seguros desse jeito.

– Ele apenas zombaria de nós novamente – eu rebati, um tanto desanimado.

– Não – disse Tammy. – Não depois do que aconteceu esta noite.

– Talvez não – respondi, em dúvida. E então o segundo imediato voltou à popa e Tammy afastou-se da casa do leme, deixando-me com a preocupante sensação de que eu deveria fazer algo.

A chegada da névoa e o que ela trouxe

Fizemos o funeral de Williams ao meio-dia. Pobre rapaz! Foi tudo tão repentino. Durante o dia inteiro, os homens ficaram assustados e taciturnos, e muito se falou sobre a existência de alguém azarado a bordo. Ah, se eles soubessem o que eu, Tammy e talvez o segundo imediato sabíamos!

E então veio... a névoa. Não consigo me lembrar agora se foi no dia em que sepultamos Williams no mar que a vimos pela primeira vez ou no dia seguinte.

Quando a notei, logo de início pensei, como todo mundo a bordo, que fosse uma espécie de neblina devido ao calor do sol, pois foi em plena luz do dia que ela apareceu.

O vento havia diminuído, transformando-se em uma brisa leve, e eu estava trabalhando no cordame principal com Plummer, colocando as amarras.

– Está um calor danado hoje – observou ele.

– Sim – respondi, e durante algum tempo ficamos em silêncio.

Logo ele falou novamente:

– Como está nublado aqui! – exclamou, em um tom de surpresa.

Olhei para cima, rapidamente. No começo, não consegui ver nada. Então percebi a que ele se referia. O ar tinha um estranho aspecto ondulado, antinatural, parecido com o que vemos sobre a chaminé de uma máquina quando não há fumaça saindo.

– Deve ser o calor – eu disse. – Embora eu não me lembre de ter visto nada semelhante.

– Nem eu. – Plummer concordou.

Creio que não havia passado nem um minuto quando olhei para cima novamente e fiquei atônito ao descobrir que o navio inteiro estava cercado por uma tênue névoa que ocultava completamente o horizonte.

– Caramba, Plummer! – exclamei. – Isso é muito estranho!

– Nunca vi nada assim antes... não nessas águas – ele respondeu, olhando ao redor.

– O calor não faria isso!

– Creio que não – ele disse, em dúvida.

Voltamos ao nosso trabalho, trocando, de vez em quando, uma ou outra palavra casual. Então, após breve silêncio, inclinei-me para a frente e pedi que me passasse a cavilha. Ele se abaixou e a pegou do convés, onde ela havia caído. Quando a estendeu para mim, vi a expressão impassível em seu rosto mudar repentinamente para uma expressão de completa surpresa. Ele ficou boquiaberto.

– Santo Deus! – ele disse. – Foi embora.

Eu me virei rapidamente e olhei. E tinha ido mesmo, pois lá estava o mar claro e brilhante, estendendo-se diante de nós até o horizonte.

Eu e Plummer nos entreolhamos.

– Estou chocado! – exclamou.

Não tenho certeza se respondi àquela observação, pois tive um súbito e estranho pressentimento de que algo não estava certo. E então, um minuto depois, disse a mim mesmo que estava sendo um imbecil, mas não consegui me livrar daquela sensação. Dei outra boa olhada no mar. Algo me pareceu vagamente diferente. Achei que o mar parecia mais claro, de alguma forma, e o ar mais límpido. Mas algo estava faltando, e na hora eu não percebi, sabe? Alguns dias depois, eu soube que, antes da névoa, havia vários navios no horizonte, bem à vista, mas quando ela se dissipou eles tinham sumido.

Até o final do quarto, na verdade, pelo resto do dia, não houve mais sinal de qualquer ocorrência incomum. Mas quando a noite chegou (foi na segunda vigília), eu vi a névoa subir vagamente, com o sol poente reluzindo através dela, turvo e irreal.

Então eu tive a certeza de que ela não fora causada pelo calor.

E isso foi apenas o começo.

No dia seguinte, no meu turno, fiquei muito atento durante todo o tempo que passei no convés, mas o ar permaneceu límpido. No entanto, ouvi de um dos sujeitos da vigília do imediato que houve névoa durante parte do tempo em que ele esteve ao leme.

– Ela ia e vinha – ele descreveu para mim, quando o questionei a respeito. Ele achou que pudesse ser o calor.

Mas embora eu pensasse o contrário, não o contestei. Naquela época, ninguém, nem mesmo Plummer, pareceu pensar muito no assunto. E quando mencionei o ocorrido a Tammy e perguntei se ele havia notado, ele apenas observou que devia ser o calor ou então o sol fazendo evaporar a água. Eu me calei, pois não ganharia nada sugerindo que a coisa tinha algo a ver com aquilo.

Então, no dia seguinte, aconteceu algo que me deixou ainda mais intrigado e mostrou como eu estava certo em achar que a névoa era antinatural. Eis o que houve:

Soaram os cinco sinos para o quarto das oito ao meio-dia. Eu estava ao leme. O céu estava perfeitamente claro: nenhuma nuvem à vista, mesmo no horizonte. Fazia um tremendo calor onde eu estava, pois quase não havia vento, e eu estava morrendo de sono, ainda por cima. O segundo imediato estava no convés principal com os homens, dando ordens sobre algum trabalho que ele queria que fizessem, de maneira que eu estava sozinho na popa.

Logo, com o calor e o sol batendo diretamente em mim, eu comecei a ficar com sede, e, na falta de algo melhor, peguei um pouco do fumo que trazia comigo e masquei um naco, embora, via de regra, eu não costumasse fazer aquilo. Após um tempo, naturalmente, olhei ao redor, em busca da escarradeira, mas descobri que ela não estava lá. Provavelmente tinha sido levada para a proa, quando os conveses foram lavados, para que a esfregassem. Então, como não havia ninguém na popa, eu soltei o leme e recuei até o balaústre. Foi então que vi algo completamente inesperado: uma embarcação totalmente equipada navegando a bombordo do curso, a mais ou menos uma centena de jardas do nosso navio. Suas velas, que a leve brisa mal preenchia, agitavam-se quando o navio subia e descia com as ondas do mar. Ele parecia navegar a uma velocidade muito baixa, certamente não mais que um nó por hora. Lá longe, na popa, havia uma série de bandeiras tremulando na ponta de um arpão. Era evidente que o navio estava nos mandando sinais. Vi tudo isso instantaneamente e fiquei parado, olhando, atônito. Fiquei espantado porque não a tinha visto antes. Com aquela luz e a brisa leve, eu sabia que nós o teríamos visto há pelo menos algumas horas. No entanto, não consegui pensar em nada racional para satisfazer minha perplexidade. Lá estava ele: disso eu tinha certeza. Contudo, como tinha ido parar ali sem que eu o visse?

De repente, enquanto eu continuava parado, olhando o navio, ouvi o leme atrás de mim girar rapidamente. Instintivamente, pulei para agarrar a roda, pois eu não queria que a engrenagem de direção emperrasse. Então, quando eu me virei novamente para dar outra olhada no navio, para o meu total espanto, *não havia sinal dele*. Não havia nada, a não ser o calmo oceano se espalhando pelo distante horizonte. Pisquei os olhos algumas vezes e afastei o cabelo da testa. Fitei novamente o local onde ele estivera, mas não havia um único vestígio do navio e absolutamente nada de incomum, exceto um fraco tremor no ar. A superfície vazia do mar alcançava todos os lugares, em direção a um horizonte igualmente vazio.

"Será que ele afundou?", naturalmente me perguntei, e, naquele instante, eu realmente acreditei que aquilo tinha acontecido. Inspecionei o mar, em busca de destroços, mas não havia nada, nem mesmo uma gaiola ou restos de madeira do convés, e então considerei essa ideia impossível e a descartei.

Então, enquanto estava ali de pé, tive outra ideia ou talvez uma intuição, e me perguntei seriamente se o navio desaparecido não poderia estar associado, de alguma forma, às outras ocorrências insólitas. Ocorreu-me, então, que a embarcação que eu tinha visto não era real e talvez não existisse fora do meu cérebro. Considerei essa ideia, gravemente. Ela me ajudava a explicar aquela coisa e eu não conseguia pensar em mais nada que pudesse. Se ela fosse real, eu tinha certeza de que outros a bordo do nosso navio teriam sido capazes de vê-la muito antes de mim (e isso me deixou um pouco confuso), e então, subitamente, os aspectos reais da outra embarcação me vieram à mente: o cordame, as velas e os mastros.

E me lembrei de como ela havia se erguido com o balanço do mar, das velas se agitando com a leve brisa. E das bandeiras! Ela havia sinalizado para nós. Por fim, achei igualmente impossível acreditar que a embarcação era irreal.

Eu havia chegado a esse nível de indecisão e estava de costas, parcialmente voltado para o leme. Eu o segurava firme com a mão esquerda, enquanto fitava o mar, tentando encontrar algo que me ajudasse a compreender.

De repente, enquanto eu olhava, tive a impressão de ver novamente o navio.

Estava mais a estibordo agora, mas não pensei muito nisso, com o espanto de vê-lo mais uma vez. Tive apenas um vislumbre embaçado e trêmulo do navio, como se o visse através das convoluções de uma coluna de ar quente. Então ele ficou indistinto e desapareceu novamente, mas eu já estava convencido de que ele era real e estivera à vista o tempo todo, eu é que não pude vê-lo. Aquela imagem embaçada e trêmula evocava alguma lembrança. Lembrei-me do aspecto estranho e ondulado do ar dos dias anteriores, pouco antes de a névoa envolver o navio. E, na minha mente, concluí que as duas coisas estavam conectadas. Não havia nada de insólito no outro paquete. A estranheza estava em nós. Algo que estava ao redor do nosso navio ou até mesmo sobre ele havia impedido a mim ou a qualquer outra pessoa a bordo de enxergar a outra embarcação. Era evidente que ela tinha sido capaz de nos ver, como a sinalização prova. De maneira irrelevante, me perguntei o que os tripulantes a bordo haviam pensado do aparentemente intencional desrespeito que demonstramos pelos seus sinais.

Depois disso, pensei na estranheza da situação. Mesmo naquele minuto, eles conseguiam nos ver claramente, e ainda assim, para nós, o oceano inteiro parecia vazio. Naquela época, isso me pareceu a coisa mais bizarra que poderia acontecer conosco.

E então um novo pensamento me ocorreu. Há quanto tempo estávamos assim? Ponderei por alguns momentos. E me lembrei de que tínhamos avistado várias embarcações na manhã do dia em que a névoa surgiu, e desde então, não vimos mais nenhuma. Isso era, no mínimo, esquisito, pois vários daqueles paquetes estavam indo para casa, assim como nós, e seguiam o mesmo curso. Consequentemente, com o tempo bom e o vento quase inexistente, eles deveriam estar visíveis o tempo todo. Para mim, esse raciocínio demonstrava, inequivocamente, que havia alguma ligação entre a chegada da névoa e a nossa incapacidade de *enxergar*. Logo, era possível que estivéssemos naquele extraordinário estado de cegueira por quase três dias.

Pensei no último vislumbre que tive daquele navio. Lembro-me de ter tido, naquela ocasião, o pensamento curioso de que estava em outra dimensão e de lá contemplara o navio. Durante algum tempo, eu realmente acreditei nessa concepção misteriosa e a constatação de que ela realmente poderia ser verdade me deixou atordoado. Não pensei no que ela poderia significar. Parecia expressar com exatidão todas as ideias incipientes que tinham me ocorrido desde que vi o outro paquete na água.

De repente, atrás de mim, veio o farfalhar e o ruído de velas, e, no mesmo instante, ouvi o capitão dizer:

– Para onde diabos você levou o navio, Jessop?

Eu me virei para o leme.

– Eu não sei... senhor – hesitei.

Eu tinha me esquecido de que estava ao leme.

– Ora, não sabe! – ele gritou. – Com mil demônios, eu deveria ter imaginado que não. Gire o leme a estibordo, seu idiota. Vai nos fazer voltar!

– Sim, sim, senhor – respondi, girando o volante. Fiz isso quase mecanicamente, pois ainda estava atordoado e não tinha tido tempo de me recompor.

Nos instantes seguintes, tive a vaga, porém confusa consciência de que o Velho esbravejava comigo. Essa sensação de perplexidade passou e descobri que eu olhava fixamente para a bitácula e a bússola no entanto, até esse momento, eu estava inteiramente alheio a esse fato. Agora, porém, via que o navio estava voltando ao curso. Só Deus sabe quanto ele se desviou do caminho!

Com a percepção de que eu quase tinha feito o navio voltar, veio a repentina lembrança da alteração de posição da outra embarcação. Na última vez, ela havia aparecido a estibordo, em vez de a bombordo. Agora, no entanto, conforme meu cérebro começava a funcionar, percebi a causa dessa aparente e, até então, inexplicável mudança. Ela ocorreu, é claro, por termos nos afastado da direção. Por isso, o outro paquete se encontrava a estibordo.

É curioso como tudo isso passou pela minha mente e prendeu minha atenção (embora apenas momentaneamente) diante do acesso de fúria do capitão. Creio que mal percebi que ele ainda gritava comigo. De qualquer forma, a próxima coisa de que me lembro foi dele sacudindo meu braço.

– Qual é o seu problema, homem? – ele berrava.

Apenas olhei para ele, como um imbecil, sem dizer uma palavra. Eu ainda parecia incapaz de falar efetivamente, racionalmente.

– Perdeu completamente o juízo? – ele continuou gritando. – Está louco? Pegou insolação, por acaso? Fale, seu idiota, em vez de ficar aí parado, boquiaberto!

Tentei dizer algo, mas as palavras não vinham.

– Eu... eu... eu... – gaguejei e calei-me, estupidamente. Eu estava bem, na verdade, mas perplexo com o que havia descoberto, e, de certa forma, com a impressão de que acabara de voltar de um lugar distante, sabe?

– Você está louco! – ele disse, novamente. Repetiu essa afirmação várias vezes, como se fosse a única coisa que expressasse suficientemente sua opinião sobre mim. Depois soltou meu braço e recuou alguns passos.

– Eu não sou louco! – respondi, com um repentino suspiro. – Sou tão louco quanto o senhor.

– Então por que diabos não responde às minhas perguntas? – berrou, com raiva. – O que há com você? O que estava fazendo, para não prestar atenção ao leme? Responda-me agora!

– Eu estava olhando aquele navio a estibordo, senhor – deixei escapar. – Ele estava sinalizando...

– O quê? – Ele me interrompeu, incrédulo. – Que navio?

Virou-se rapidamente e examinou o oceano. Então voltou-se para mim de novo.

– Não há navio algum! O que pretende com uma lorota dessas?

– Há, sim, senhor – respondi. – Está bem ali... – murmurei, apontando.

– Cale a boca! Não me venha com besteiras. Acha que sou cego?

– Mas eu vi o navio, senhor – insisti.

– Não me responda! – ele retrucou rispidamente, com uma explosão de fúria. – Não vou tolerar isso!

Então, de repente, ficou em silêncio. Deu um passo em minha direção e me encarou. Creio que o Velho idiota achou que eu não batia muito bem da cabeça. De todo modo, sem dizer uma palavra, ele foi para a popa.

– Senhor Tulipson – ele chamou.

– Sim, senhor – ouvi o segundo imediato responder.

– Mande outro homem para o leme.

– Muito bem, senhor – respondeu o segundo.

Alguns minutos depois, o velho Jaskett veio me substituir. Informei a ele o curso e ele o repetiu.

– O que houve, camarada? – ele me perguntou, enquanto eu saltava a grade.

– Nada demais – eu disse, indo para a popa, onde o capitão estava. Eu lhe informei o curso, mas o maldito Velho ranzinza me ignorou por completo. Quando desci para o convés principal, fui até o segundo e fiz o mesmo. Ele me respondeu civilizadamente e então perguntou o que eu tinha feito para deixar o Velho tão irritado.

– Eu disse a ele que havia um navio a estibordo, sinalizando para nós – disse eu.

– Mas não há navio lá fora, Jessop – respondeu o segundo imediato, olhando para mim com uma expressão estranha e inescrutável.

– Há, sim, senhor – eu comecei. – Eu…

– Basta, Jessop! – ele exclamou. – Vá fumar lá na proa. Depois quero que me dê uma mão com essas tralhas de esteira. É melhor trazer uma marreta para cá quando vier.

Hesitei por um momento, mais em dúvida do que com raiva.

– Sim, senhor – murmurei, por fim, e saí.

Depois da névoa

Depois da névoa, tudo pareceu piorar rapidamente. Nos dois ou três dias seguintes, muita coisa aconteceu.

Na noite do dia em que o capitão me expulsou do leme, ficamos de guarda no quarto, das oito à meia-noite. Meu turno de sentinela era do período das dez à meia-noite.

Enquanto eu caminhava devagar, de um lado para outro, na frente do castelo de proa, fiquei pensando no que havia acontecido de manhã. A princípio, eu só pensava no capitão. Eu o amaldiçoei repetidas vezes, em meu íntimo, por ser um Velho tão imbecil e teimoso, até me ocorrer que, se eu estivesse no lugar dele e viesse ao convés para encontrar o navio desgovernado, quase voltando, e o sujeito ao leme fitando o mar, em vez de cumprir sua tarefa, eu certamente teria armado uma confusão dos diabos. Além disso, eu tinha sido um idiota em contar a ele sobre o navio. Eu nunca teria feito semelhante coisa se não estivesse meio desorientado. Provavelmente o Velho achou que eu tinha perdido o juízo.

Parei de gastar meus pensamentos com ele e me perguntei por que o segundo imediato tinha me olhado daquele jeito tão estranho pela manhã. Será que ele compreendeu mais do que eu imaginava? E se fosse o caso, por que se recusou a me ouvir?

Depois disso, comecei a ponderar sobre a névoa. Eu tinha pensado muito nela durante o dia. Uma ideia, em especial, martelou fortemente na minha cabeça: a hipótese de que a névoa visível e real fosse uma expressão materializada de um ambiente extraordinariamente sutil, no qual nos movíamos.

De repente, enquanto eu vagava para lá e para cá, fitando de vez em quando o mar (que estava quase calmo), meus olhos captaram o brilho de uma luz em meio à escuridão. Parei de andar e a encarei. Perguntei-me se poderia ser a luz de uma embarcação. Nesse caso, não estaríamos mais envoltos naquela extraordinária atmosfera. Debrucei-me e observei com o máximo de atenção. Percebi, então, que era a luz verde de um navio a bombordo do nosso. Não havia dúvida. Era evidente que ele acabaria colidindo com a nossa proa. E pior, estava perigosamente perto, como demonstravam o tamanho e o brilho de sua luz. Ela navegava contra o vento, enquanto estávamos a favor dele, logo, nós é que tínhamos que sair do caminho. Eu me virei instantaneamente e, com as mãos em concha na boca, gritei para o segundo imediato:

– Luz na proa a bombordo, senhor!

Logo depois ele gritou de volta:

– Localização?

"Ele deve estar cego", eu disse a mim mesmo.

– A cerca de dois pontos da proa, senhor! – respondi.

Virei-me, então, para ver se o navio havia mudado de posição. Porém, quando fui olhar, não vi luz alguma. Corri para a proa, debrucei-me sobre a amurada e observei ao redor, mas não havia nada, absolutamente nada, exceto a escuridão à nossa volta. Fiquei ali por alguns segundos e então, a suspeita de que tudo aquilo era praticamente uma repetição do ocorrido da manhã me invadiu. Evidentemente, a coisa impalpável que tinha envolvido o navio esmoreceu por um instante, permitindo-me ver a luz à frente. Agora, ela havia coberto o navio novamente. No entanto, vendo-a ou não, não duvidei do fato de que havia uma embarcação à nossa frente, e muito próxima também. Iríamos colidir com ela a qualquer minuto. Minha única esperança era que, ao ver que não saíamos do caminho, o timoneiro do outro navio erguesse a proa para nos deixar passar e cruzasse o mar por trás da nossa popa. Esperei, bastante ansioso, observando e ouvindo com atenção. Então, de repente, ouvi passos ao longo do convés, na proa, e o aprendiz, de quem era a vez de marcar o tempo, surgiu diante do castelo de proa.

– O segundo imediato mandou dizer que não consegue ver nenhuma luz, Jessop – disse ele, aproximando-se de onde eu estava. – Onde está ela?

– Não sei – respondi. – Eu também a perdi de vista. Era uma luz verde, a alguns pontos da proa a bombordo. Parecia estar muito perto.

– Talvez a lanterna deles tenha se apagado – sugeriu ele, depois de fitar atentamente por um minuto ou mais o breu que nos cercava.

– Talvez – concordei.

Não disse a ele que a luz estava tão perto que, mesmo em meio à escuridão, nós seríamos capazes de ver o navio.

– Tem certeza de que era uma luz e não uma estrela? – ele perguntou, duvidosamente, após outro longo olhar.

– Ah! Realmente – disse –, pensando bem, agora que você mencionou, acho que pode ter sido a lua.

– Não brinque – respondeu ele. – É fácil cometer um erro. O que eu digo ao segundo imediato?

– Ora, diga que desapareceu, é claro!

– E para onde foi? – ele perguntou.

– Como diabos eu vou saber! – exclamei. – Não faça perguntas estúpidas!

– Tudo bem, não precisa ficar irritado – ele respondeu, indo à popa para reportar o que eu tinha dito ao segundo imediato.

Cinco minutos depois, ou pelo menos foi o que me pareceu, vi a luz novamente. Estava muito maior e mostrou claramente que o timoneiro havia erguido a proa para escapar da colisão. Não esperei um segundo e gritei para o segundo imediato que havia uma luz verde a cerca de quatro pontos da proa a bombordo. Santo Deus! O navio devia ter passado raspando. A luz não *parecia* estar a mais de cem jardas de distância. Foi uma sorte não estarmos a um calado muito profundo.

"Agora", pensei comigo mesmo, "o segundo verá a luz. E talvez até o maldito aprendiz possa dar seu próprio nome à estrela".

Tão logo pensei isso, a luz diminuiu e desapareceu, e escutei a voz do segundo imediato.

– Qual é a localização? – ele gritou.

– Sumiu de novo, senhor – respondi.

Um minuto depois, escutei os passos dele pelo convés. Ele chegou ao pé da escada a estibordo.

– Onde está você, Jessop? – ele perguntou.

– Aqui, senhor – eu disse, indo até o topo da escada.

Ele subiu lentamente até o castelo de proa.

– Que história é essa de luz? – perguntou. – Apenas aponte para o local exato onde você a viu pela última vez.

Fiz isso, e ele foi até a amurada a bombordo e ficou observando a noite, sem ver nada, porém.

– Ela sumiu, senhor – atrevi-me a lembrá-lo. – Embora eu já a tenha visto duas vezes, uma a alguns pontos na proa a bombordo e esta última bem perto de nós, mas nas duas vezes ela desapareceu quase que instantaneamente.

– Não estou entendendo, Jessop – disse ele, com uma voz intrigada. – Tem certeza de que era a luz de um navio?

– Sim, senhor. Uma luz verde. Estava bem perto de nós.

– Não consigo entender – ele disse novamente. – Corra à popa e peça ao aprendiz para pegar meus binóculos. Vá logo.

– Sim, senhor – respondi, correndo para a popa.

Em menos de um minuto, eu estava de volta com os binóculos, e, com eles, o segundo imediato fitou por algum tempo o mar a sotavento.

De repente, ele o baixou e me encarou com uma pergunta brusca:

– Para onde o navio foi? Se mudou de direção tão rápido, devia estar muitíssimo perto. Deveríamos ser capazes de ver seus mastros, suas velas, a luz da cabine, da bitácula ou algo do gênero!

– É esquisito, senhor – concordei.

– Terrivelmente esquisito – disse ele. – Tão esquisito que estou inclinado a pensar que você se enganou.

– Não, senhor. Tenho certeza de que era uma luz.

– Onde está o navio, então? – perguntou.

– Não sei dizer, senhor. Isso é o que me deixa intrigado.

O segundo não disse nada em resposta, mas deu algumas voltas rápidas pelo castelo de proa, parando na amurada a bombordo e dando outra olhada a sotavento através do binóculo. Ficou ali por um minuto. Então, sem dizer uma palavra, desceu a escada a sotavento e passou pelo convés principal, em direção à popa.

"Ele está confuso", pensei comigo mesmo, "ou então acha que estou imaginando coisas".

Pouco tempo depois, comecei a me perguntar se, afinal, ele tinha tido alguma ideia do que aquilo significava. Uma hora, eu tinha certeza de que ele sabia, e na outra, achava o contrário. Não parava de pensar se não teria sido melhor ter contado tudo a ele. Parecia-me que ele tinha visto o suficiente para estar disposto a me ouvir. E, ainda assim, não podia afirmar com toda a certeza. Talvez eu tivesse feito papel de idiota aos olhos dele. Ou o fiz pensar que eu estava maluco.

Eu vagava pela frente do castelo de proa, entregue a esses pensamentos, quando vi a luz pela terceira vez. Era muito brilhante e grande, e vi que ela se mexia enquanto eu a observava. Isso mais uma vez fez com que eu constatasse que ela deveria estar muito próxima.

– Sem dúvida – pensei –, é melhor que o segundo imediato veja agora por si só.

Não gritei imediatamente desta vez. Resolvi deixar o segundo ver por conta própria que eu não estava enganado. Além disso, eu não queria arriscar que ela desaparecesse novamente, no instante em que eu falasse. Por quase meio minuto, a observei e ela não deu sinal algum de esmorecer. A cada momento, eu esperava ouvir o grito do segundo imediato, mostrando que ele finalmente a avistara, mas nada disso aconteceu.

Não aguentei mais e corri até a amurada atrás do castelo de proa.

– A luz verde está logo atrás do vau, senhor! – berrei, a plenos pulmões.

Mas eu tinha esperado muito tempo. Enquanto eu gritava, a luz ficou borrada e desapareceu.

Sapateei e praguejei de raiva. Aquela coisa estava me fazendo de bobo. No entanto, tive a vaga esperança de que os tripulantes da popa a tivessem visto antes que ela desaparecesse, mas assim que ouvi a voz do segundo imediato soube que não era o caso.

– Luz uma ova! – ele gritou.

Então soprou o apito. Um dos homens saiu do castelo de proa e correu em direção à popa, para ver o que ele queria.

– Quem é o próximo sentinela? – eu o escutei perguntar.

– Jaskett, senhor.

– Então diga a Jaskett para vir substituir Jessop imediatamente. Está ouvindo?

– Sim, senhor – disse o homem, voltando para o castelo de proa.

Em um minuto, Jaskett apareceu, arrastando os pés.

– O que foi? – ele perguntou sonolento.

– É aquele idiota de segundo imediato! – exclamei, violentamente. – Por três vezes, eu reportei uma luz estranha e como o idiota cego não conseguiu enxergá-la, mandou você me substituir!

– Onde está a luz, camarada? – ele perguntou, fitando o mar escuro à nossa volta. – Não estou vendo luz alguma – ele comentou, após alguns instantes.

– É claro que não – eu disse. – Ela sumiu.

– Hein? – ele perguntou.

– Ela sumiu! – repeti, irritado.

Ele virou-se e me encarou em silêncio, no escuro.

– Se eu fosse você, tiraria um cochilo, camarada – disse ele, por fim. – Eu também fiquei assim. Não há nada como uma soneca quando você fica desse jeito.

– O quê? – perguntei. – De que jeito?

– Está tudo bem, camarada. Você vai ficar bem pela manhã. Não se preocupe comigo. – Seu tom era simpático.

– Maldição! – foi tudo o que eu pude dizer, ao deixar a vigília do castelo de proa. Perguntei-me se o bom e velho Jaskett achou que eu estava ficando maluco.

"Tente dormir um pouco, por Deus!", murmurei a mim mesmo. "Mas quem conseguiria dormir depois do que eu vi e passei hoje!".

Eu me sentia péssimo, sem ninguém que entendesse o que estava passando. Tinha a impressão de estar completamente sozinho, diante de tudo o que tinha visto. Então tive a ideia de ir até a popa e falar sobre a questão com

Tammy. Eu sabia que ele seria capaz de entender, é claro, e seria um grande alívio para mim.

Impulsivamente, virei-me e dirigi-me à popa, atravessando o convés até a cabine dos aprendizes. Assim que cheguei ao tombadilho, olhei para cima e vi a silhueta escura do segundo imediato debruçada sobre a amurada acima de mim.

– Quem está aí? – ele perguntou.

– É Jessop, senhor.

– O que quer nesta parte do navio?

– Eu vim aqui falar com Tammy, senhor.

– É melhor voltar por onde veio – disse ele, de um modo não totalmente indelicado. – É melhor você dormir do que tagarelar. Sabe, você está começando a imaginar coisas!

– Estou certo de que não imaginei nada, senhor! Estou perfeitamente bem. Eu...

– Basta! – ele me interrompeu, rispidamente. – Vá dormir um pouco.

Praguejei baixinho e voltei lentamente para a proa. Era enlouquecedor ser tratado como um lunático.

"Por Deus!", eu disse a mim mesmo. "Espere só até esses idiotas saberem o que eu sei... espere só!".

Entrei no castelo de proa pela porta a bombordo, fui até o meu baú e sentei-me. Eu estava zangado, cansado e infeliz.

Quoin e Plummer estavam por perto, jogando cartas e fumando. Stubbins estava deitado em seu beliche, observando-os e também fumando. Quando sentei-me, ele inclinou-se sobre o beliche e me olhou de um jeito curioso e meditativo.

– O que há com o segundo imediato? – ele perguntou, após um breve olhar.

Olhei para ele e os outros dois olharam para mim. Senti que se não dissesse nada, seria melhor ir embora de uma vez; então, com um ar muito sério, contei tudo a eles. No entanto, eu tinha visto o suficiente para saber que não adiantava tentar explicar aquelas coisas, de maneira que contei a eles apenas o necessário, os simples fatos, deixando as explicações de lado.

– Três vezes, você disse? – perguntou Stubbins, quando eu terminei.

– Sim – assenti.

– E o Velho o expulsou do leme esta manhã porque você viu um navio que ele não conseguia ver –, Plummer acrescentou, em um tom reflexivo.

– Sim.

Pensei tê-lo visto trocar um olhar significativo com Quoin, mas Stubbins, percebi, olhava apenas para mim.

– Acho que o segundo pensa que você está um pouco indisposto – comentou ele, após uma curta pausa.

– O segundo imediato é um imbecil! – exclamei, com certa amargura. – Um maldito imbecil!

– Não tenho tanta certeza disso – respondeu ele. – É muito provável que o que você relatou tenha parecido estranho para ele. Eu mesmo não consigo entender...

Ele ficou em silêncio, fumando.

– Não consigo entender por que o segundo imediato não viu a luz – Quoin disse, com uma voz intrigada.

Tive a impressão de ter visto Plummer cutucá-lo disfarçadamente, para que ele ficasse quieto. Aparentemente, Plummer tinha a mesma opinião do segundo imediato, e essa constatação me deixou furioso. Mas a próxima observação de Stubbins chamou minha atenção.

– Não consigo entender – ele repetiu, falando com deliberação. – O segundo não deveria tê-lo tirado da guarda, depois do que ele viu.

Ele balançou a cabeça lentamente, mantendo o olhar fixo no meu rosto.

– Como assim? – perguntei, intrigado, porém com a vaga sensação de que talvez aquele homem soubesse mais do que eu imaginava.

– O que eu quero dizer é: por que diabos ele estava tão seguro de si?

Ele deu uma baforada no cachimbo, tirou-o da boca e inclinou-se ligeiramente para fora do beliche.

– Ele não disse nada, depois que o mandou deixar a guarda? – ele perguntou.

– Sim – respondi –, ele me viu indo para a popa. Disse que eu estava imaginando coisas. E que era melhor eu dormir um pouco.

– E o que você respondeu?

– Nada. Eu vim para cá.

– Por que diabos você não retrucou, perguntando se ele também havia imaginado coisas quando nos mandou subir no mastro e perseguir aquele bicho-papão dele?

– Não pensei nisso, na hora – respondi.

– Bem, pois deveria ter pensado.

Ele fez uma pausa, sentou-se no beliche e pediu um fósforo.

Quando lhe passei a minha caixa, Quoin ergueu os olhos do jogo.

– Pode ter sido mesmo um clandestino, sabe? Não podemos provar o contrário.

Stubbins me devolveu a caixa de fósforos e retomou a palavra, ignorando a observação de Quoin:

– Ele mandou você tirar um cochilo, não foi? Não entendo por que ele blefou desse jeito.

– O que quer dizer com blefar? – eu perguntei.

Ele balançou a cabeça, sabiamente.

– Penso que ele sabe, tão bem quanto eu, que você viu mesmo aquela luz.

Plummer ergueu a cabeça do jogo ao escutar aquilo, mas não disse nada.

– Então *você* acredita que eu realmente a vi? – perguntei, com certa surpresa.

– Sim – ele respondeu com convicção. – É improvável você cometer um erro desse tipo três vezes seguidas.

– É verdade – assenti. – Eu *sei* que vi a luz, não há dúvidas quanto a isso, mas... – hesitei um momento – é uma situação tão estranha.

– É *realmente* estranha! – ele concordou. – É estranha demais! E ultimamente há muitas outras coisas estranhas acontecendo a bordo deste paquete.

Ele ficou em silêncio por alguns segundos. Então, de repente, falou de novo:

– Não é normal, tenho certeza absoluta disso.

Ele deu algumas baforadas em seu cachimbo e, naquele momentâneo silêncio, escutei a voz de Jaskett, acima de nós. Ele estava gritando na popa.

– Luz vermelha a estibordo, senhor – ouvi-o berrar.

– Aí está ela de novo – eu disse, balançando a cabeça. – É onde aquele paquete que eu vi deve estar agora. Para evitar a colisão, ele ergueu a proa e nos deixou passar e agora está dando a volta por trás.

Levantei-me do baú e me dirigi até a porta. Os outros três me seguiram. Quando pisamos no convés, ouvi o segundo imediato gritar, pedindo a localização da luz.

– Por Deus, Stubbins! – exclamei. – Creio que a maldita luz sumiu de novo.

Corremos juntos para o lado a estibordo e olhamos para o mar, mas não havia sinal algum de luz na popa às escuras.

– Não posso dizer que estou vendo a luz – disse Quoin.

Plummer não murmurou palavra.

Fitei a parte dianteira do castelo de proa. Lá, eu conseguia distinguir vagamente a silhueta de Jaskett. Ele estava de pé junto à amurada a estibordo, com as mãos em cima dos olhos, evidentemente olhando para o lugar onde ele vira a luz pela última vez.

– Para onde ela foi, Jaskett? – eu o chamei.

– Não sei dizer, camarada – respondeu ele. – Diabos, é a coisa mais esquisita que já me aconteceu. Em um minuto ela estava lá, clara como o dia, e no seguinte ela sumiu... simplesmente desapareceu.

Eu me virei para Plummer.

– O que você acha disso, *agora*? – eu perguntei a ele.

– Bem – disse ele –, confesso que a princípio achei que não era nada demais. Pensei que você tivesse se enganado, mas parece que você viu mesmo algo.

Ouvimos o som de passos distantes, atravessando o convés.

– O segundo está vindo pedir uma explicação, Jaskett – Stubbins gritou. – É melhor baixar esse braço já.

O segundo imediato passou por nós e subiu a escada a estibordo.

– O que foi agora, Jaskett? – perguntou rapidamente. – Onde está a luz? Nem eu nem o aprendiz conseguimos vê-la!

– A maldita luz sumiu, senhor – Jaskett respondeu.

– Sumiu! – o segundo imediato exclamou.

– Sumiu! O que quer dizer com isso?

– Ela estava lá há um minuto, senhor, clara como o dia, e de repente desapareceu.

– Diabos, isso é conversa fiada! – o segundo retrucou. – Não espera que eu acredite nisso, não é?

– É a mais pura verdade, senhor – Jaskett respondeu. – E Jessop também a viu, logo ali.

Ele parecia ter acrescentado essas últimas palavras após uma reflexão tardia. Evidentemente, o velhaco havia mudado de opinião quanto a minha necessidade de sono.

– Você é um imbecil, Jaskett – disse o segundo, rispidamente. – E aquele idiota do Jessop colocou minhocas na sua velha e estúpida cabeça.

Ele calou-se por um instante, para em seguida prosseguir, mais irado:

– Com mil demônios, o que há com vocês? Que espécie de jogo é esse? Sabe muito bem que não viu luz alguma! Mandei que ocupasse o lugar de Jessop como sentinela e lá vem você com a mesma bobagem!

– Nós não... – Jaskett começou a dizer, mas o segundo fez um gesto para que ele se calasse.

– Basta! – ele disse, virando-se e descendo a escada, passando rapidamente por nós, sem dizer uma palavra.

– Não *me* parece, Stubbins – eu disse –, que o segundo acreditou que vimos a luz.

– Não tenho tanta certeza disso – respondeu ele. – Ele é um mistério.

O resto do quarto passou silenciosamente, e quando soaram os oito sinos eu me apressei em voltar, pois estava tremendamente cansado.

Quando fomos chamados novamente para a vigília das quatro às oito no convés, descobri que, tão logo descemos, um dos homens do turno do imediato havia visto uma luz e reportado ao segundo, embora ela tenha desaparecido na sequência. Soube que isso ocorreu por duas vezes e que o imediato ficou tão furioso (achou que o homem estava de brincadeira) que quase chegou às vias de fato com ele, finalmente ordenando que o homem deixasse a guarda e mandando outra sentinela para o seu lugar. E se este último viu a luz, tomou muito cuidado para não deixar o imediato saber disso, de maneira que a questão morreu ali.

E então, na noite seguinte, antes que o sumiço das luzes deixasse de ser assunto, aconteceu uma coisa que apagou temporariamente da minha mente toda a lembrança da névoa e da extraordinária atmosfera de cegueira com a qual ela parecia ter revestido o navio.

O homem que pedia socorro

Na noite seguinte, como eu disse, houve outra ocorrência. E ela fez com que eu (se não os outros) sentisse, de maneira muito vívida, que corria um grande perigo a bordo daquele navio.

Tínhamos descido para o quarto das oito à meia-noite, e a última impressão que tive do tempo, quando assumi o turno, era de que havia uma brisa amena. Um grande bloco de nuvens erguendo-se à popa parecia pressagiar que o vento ficaria mais forte.

Às quinze para a meia-noite, quando fomos chamados para a vigília da meia-noite às quatro no convés, percebi imediatamente, pelo som, que soprava uma brisa fresca, ao mesmo tempo, ouvi os gritos dos homens da outra vigília puxando as cordas. Escutei o barulho da lona ao vento e imaginei que estivessem amainando as velas dos joanetes. Olhei para o relógio que eu sempre deixava pendurado no meu beliche. Ainda não era meia-noite, de maneira que, com sorte, não teríamos de subir às velas.

Vesti-me rapidamente e fui até a porta dar uma olhada no tempo. Constatei que o vento havia mudado de estibordo à popa, e, ao julgar pelo céu, não demoraria muito até o tempo fechar.

Consegui distinguir vagamente os sobrejoanetes da proa e da mezena agitando-se no alto, ao vento. Os do mastro principal foram mantidos por mais um tempo. No cordame da proa, Jacobs, o grumete do turno do imediato, seguia os outros homens que subiam até a vela. Os dois aprendizes do imediato já estavam na mezena. No convés, o resto dos homens ocupava-se em limpar os cabos.

Voltei ao meu beliche e olhei para o relógio. Faltava pouco para os oito sinos, então preparei minha capa de oleado, pois parecia que já estava chovendo lá fora. Enquanto eu fazia isso, Jock foi até a porta dar uma espiada.

– O que está fazendo, Jock? – Tom perguntou, saindo de seu beliche às pressas.

– Acho que vai chover um pouco. Você certamente vai precisar do seu oleado – Jock respondeu.

Quando os oito sinos soaram e nos reunimos na popa para a chamada, houve um considerável atraso porque o primeiro imediato se recusou a fazer a chamada até que Tom (que, como de costume, só saíra de seu beliche no último minuto) estivesse ali para respondê-la. Quando, por fim, ele apareceu, o primeiro e o segundo imediatos juntaram-se para lhe dar uma severa repreensão por ser um marujo preguiçoso, de maneira que vários minutos se passaram até que voltássemos à proa. Parecia um acontecimento sem importância, mas ele trouxe consequências terríveis para uma pessoa do nosso grupo, pois assim que alcançamos o cordame da proa, ouvimos um grito lá em cima, muito mais alto que o barulho do vento e, no momento seguinte, algo caiu no meio de nós com um grande e violento baque. Essa coisa volumosa e pesada atingiu em cheio Jock, que, por sua vez, emitiu um "Ugh!" alto e horrível, calando-se em seguida. A tripulação, em uníssono, soltou um grito de pavor e então, de comum acordo, correu para o castelo de proa iluminado. Não tenho vergonha de dizer que saí correndo como todo mundo. Um medo cego e irracional havia se apossado de mim e eu não parei para pensar.

Uma vez no castelo de proa, em meio à luz, finalmente reagimos. Ficamos imóveis, nos entreolhando confusamente por alguns momentos. Então alguém fez uma pergunta e houve um murmúrio geral de negação. Estávamos nos sentindo envergonhados e alguém estendeu a mão e desenganchou a lanterna a bombordo. Fiz o mesmo com a de estibordo, e houve um movimento rápido em direção às portas. Enquanto íamos para o convés, escutei o som das vozes dos imediatos. Eles evidentemente haviam descido da popa para descobrir o que havia acontecido, mas estava escuro demais para ver onde eles estavam.

– Onde diabos vocês foram? – escutei o primeiro gritar.

Eles devem ter visto a luz de nossas lanternas no instante seguinte, pois ouvi seus passos apressados dirigindo-se ao convés. Vieram pelo lado a estibordo, mas atrás do cordame da proa, um deles tropeçou e caiu sobre alguma coisa. Foi o primeiro imediato quem tropeçou. Eu soube pela praga que ele soltou logo em seguida. Ele se levantou e, aparentemente, sem parar para verificar o que o fizera tropeçar, correu para a amurada. O segundo imediato correu para o círculo de luz que nossas lanternas lançavam e parou, muito pálido, olhando para nós em dúvida. Isso não me surpreende, *agora*, nem o comportamento do primeiro, no instante seguinte, mas naquela época, devo dizer que não consegui entender o comportamento deles, especialmente do primeiro imediato, que irrompeu da escuridão e veio correndo até nós, rugindo como um touro e brandindo uma cavilha. Eu não tinha levado em consideração a cena que seus olhos deviam ter presenciado: toda a tripulação, de ambas as vigílias, no castelo de proa, espalhada pelo convés em total confusão e muito exaltada, com dois companheiros à frente carregando lanternas. E antes disso, houve o grito no alto e a queda no convés, seguidos pelos gritos da tripulação assustada e o som de muitos pés correndo. Ele deve ter tomado o grito por um sinal e nossas ações por algo semelhante a um motim. Na verdade, suas palavras nos disseram que era exatamente isso o que ele pensava.

– Vou arrancar o rosto do primeiro homem que der um passo à frente! – ele berrou, sacudindo a cavilha na minha cara. – Vou lhes mostrar quem é o mestre aqui! O que diabos pensam que estão fazendo? Voltem para o seu canil!

Os homens rosnaram baixo a essa última observação e o velho valentão recuou alguns passos.

– Esperem, rapazes! – eu gritei. – Calem a boca um minuto.

– Senhor Tulipson! – eu chamei o segundo, que, por sua vez, não parecia ser capaz de falar – Não sei o que diabos há de errado com o primeiro imediato, mas ele não deveria falar com a tripulação desse jeito, caso contrário, teremos protestos a bordo.

– Vamos, vamos Jessop! Basta disso! Não posso permitir que fale assim do primeiro! – disse ele, bruscamente. – Apenas me digam o que aconteceu e então voltem para a proa, todos vocês.

– Teríamos lhe contado antes, senhor – eu disse –, só que o primeiro imediato não deixou a gente falar. Aconteceu um terrível acidente, senhor. Alguma coisa caiu lá do alto, bem em cima de Jock...

Subitamente, eu parei de falar, pois houve um grande clamor no alto.

– Socorro! Socorro! Socorro! – alguém gritou, e então o grito transformou-se em urro.

– Meu Deus, senhor! É um dos homens que estão no joanete da proa!

– Ouçam! – ordenou o segundo imediato. – Ouçam!

Enquanto ele falava, ouvimos de novo: um grito entrecortado e um tanto quanto ofegante.

– Socorro... Ah! Deus! Ah... Socorro! S-o-c-o-r-r-o!

A voz de Stubbins o interrompeu bruscamente:

– Vamos subir, rapazes! Por Deus! Vamos subir! – Ele pulou no cordame da proa.

Enfiei a alça da lanterna entre os dentes e o segui. Plummer começou a subir também, mas o segundo imediato o puxou de volta.

– Já basta – disse ele. – Deixe que eu vou – e foi atrás de mim.

Passamos pela gávea do traquete a toda velocidade, como se estivéssemos com o diabo no corpo. A luz da lanterna não me deixava enxergar nada a distância naquela escuridão, porém, nos vaus dos joanetes, Stubbins, que estava alguns enfrechates à frente, gritou a plenos pulmões, entre arquejos:

– Estão lutando... como... demônios!

– O quê? – exclamou o segundo imediato, sem fôlego.

Aparentemente, Stubbins não o escutou, pois não respondeu. Passamos pelos vaus dos joanetes e subimos no cordame do mastaréu. O vento estava bastante fresco lá e podíamos ouvir sobre as nossas cabeças as lonas tremulando ao vento; contudo, desde o momento em que deixamos o convés, nenhum outro som chegou lá de cima.

E então, de repente, da escuridão acima de nós veio novamente um grito desesperado. Depois uma estranha e selvagem mistura de gritos de socorro com violentas e arquejantes imprecações.

Stubbins parou embaixo da verga do joanete e olhou para mim.

– Anda logo... com essa... lanterna... Jessop! – ele berrou, recuperando o fôlego entre as palavras. – Haverá... um assassinato... e não vai demorar!

Eu o alcancei e ergui a lanterna. Ele se abaixou e a pegou. Então, segurando-o acima de sua cabeça, subiu alguns enfrechates mais. Dessa maneira, chegou ao nível da verga do mastaréu. De onde eu estava, um pouco abaixo dele, a lanterna parecia lançar apenas alguns fachos dispersos e tremeluzentes ao longo do mastro, no entanto, eles captaram algo. Meu primeiro olhar foi contra o vento e percebi de imediato que não havia nada no braço da verga a barlavento. Então olhei a sotavento. Indistintamente, vi alguma coisa segurando a verga e lutando. Stubbins curvou-se na direção dela com a luz, então consegui ver com mais clareza. Era Jacobs, o grumete. Seu braço direito agarrava firmemente a verga, com o outro, parecia se defender de algo a seu lado, um pouco mais adiante. Ora soltava gemidos e arquejos, ora praguejava. Uma vez, quando pareceu que estava prestes a ser arrancado da verga, gritou como uma mulher. Sua atitude sugeria o mais persistente desespero. Não consigo descrever como essa extraordinária visão me afetou. Eu não parecia perceber que aquilo estava realmente acontecendo.

Durante os poucos segundos que passei contemplando a cena, sem fôlego, Stubbins escalou o lado posterior do mastro e então comecei novamente a segui-lo.

De sua posição abaixo de mim, o segundo não foi capaz de ver o que ocorria na verga, então ele me chamou, perguntando o que estava acontecendo.

– É Jacobs, senhor – eu gritei de volta. – Ele parece estar lutando com alguém a sotavento dele. Ainda não consigo ver com clareza.

Stubbins deu a volta no cordame a sotavento e ergueu a lanterna, tentando enxergar, eu o segui e, rapidamente, instalei-me ao seu lado. O segundo imediato também o seguiu, mas em vez de permanecer no cordame, foi para a verga e ficou ali, agarrado às amarras. Mandou que um de nós lhe entregasse a lanterna, o que eu fiz, assim que Stubbins passou-a para mim. O segundo ergueu-a bem, a fim de que ela iluminasse a parte a sotavento da verga. A luz iluminou a escuridão, chegando até onde Jacobs lutava de maneira tão estranha. Além dele, não se podia distinguir nada.

Tivemos de parar por um momento para entregar a lanterna ao segundo imediato. Depois, porém, eu e Stubbins avançamos lentamente ao longo do cordame. Fomos devagar, mas fizemos bem em não demonstrar ousadia, pois aquilo tudo era abominavelmente assombroso. Parece-me impossível descrever a estranha cena que presenciamos na verga do mastaréu. Terá que usar a sua imaginação. O segundo imediato ficou de pé no mastro, segurando a lanterna, com o corpo balançando a cada movimento do navio e o pescoço esticado, fitando a verga. À nossa esquerda estava Jacobs, enlouquecido, lutando, praguejando, rezando e arquejando, e ao lado dele, nada, além das sombras e da noite.

O segundo imediato falou subitamente.

– Esperem um pouco! – ele exclamou, firme. E então: – Jacobs! Jacobs, está me ouvindo?

Não houve resposta, apenas um constante ofegar e praguejar.

– Podem ir – o segundo imediato nos disse. – Mas tenham cuidado. Segurem firme!

Ele ergueu mais alto a lanterna e prosseguimos cautelosamente.

Stubbins alcançou o grumete e pôs a mão em seu ombro, com um gesto tranquilizador.

– Fique calmo, Jacobs – disse ele. – Fique calmo.

Ao seu toque, como em um passe de mágica, o jovem se acalmou e Stubbins, esticando o braço, agarrou o cabo do outro lado.

– Segure-o firme, Jessop – ele gritou. – Vou até o outro lado.

Eu obedeci, e Stubbins deu a volta.

– Não há ninguém aqui – Stubbins disse, mas sua voz não demonstrava surpresa.

– O quê? – exclamou o segundo imediato. – Como, ninguém? Onde está Svensen, então?

Não ouvi a resposta de Stubbins, pois, subitamente, tive a impressão de ver uma sombra agachada na extremidade da verga, perto do amantilho. Eu a encarei. Ela levantou-se na verga e percebi que era a figura de um homem. Agarrou-se no amantilho e começou a subir rapidamente. Passou na diagonal sobre a cabeça de Stubbins e estendeu um braço e uma mão, de contornos vagos.

– Cuidado, Stubbins! – gritei. – Cuidado!

– E agora, o que foi? – ele respondeu, com uma voz assustada. No mesmo instante, seu boné saiu rodopiando a sotavento.

– Maldito vento! – ele praguejou.

Então, de repente, Jacobs, que estava emitindo apenas alguns suspiros ocasionais, começou a gritar e espernear.

– Segure-o bem! – Stubbins gritou. – Ele vai se jogar da verga!

Enlacei o grumete com meu braço esquerdo e agarrei-me ao cabo do outro lado. Depois olhei para cima. Sobre nós, algo escuro e indefinível parecia subir rapidamente no amantilho.

– Segure-o firme, enquanto subo pela gaxeta – ouvi o segundo imediato gritar.

Um momento depois, houve um estrondo e a luz se apagou.

– Maldição, quase incendiou a vela! – gritou o segundo imediato.

Consegui virar um pouco o corpo e olhei em sua direção. Pude distinguir vagamente a figura do segundo na verga. Ele evidentemente pretendia descer para o cordame quando a lanterna foi quebrada. Fitei em seguida o cordame a sotavento. Tive a impressão de ver algo sombrio esgueirando-se pela escuridão, mas não pude afirmar com certeza; então, em um piscar de olhos, ele desapareceu.

– Algo errado, senhor? – gritei.

– Sim – respondeu ele. – Deixei cair a lanterna. A maldita vela derrubou-a da minha mão!

– Vamos ficar bem, senhor – respondi. – Acho que conseguimos descer sem ela. Jacobs parece estar mais calmo agora.

– Bem, tomem cuidado ao descer – ele nos avisou.

– Vamos, Jacobs – eu disse. – Venha, vamos descer ao convés.

– Vá em frente, rapaz – Stubbins interveio. – Está tudo bem agora. Vamos cuidar de você.

Começamos a guiá-lo ao longo da verga.

Ele obedeceu prontamente, embora permanecesse calado. Parecia uma criança. Uma ou duas vezes ele estremeceu, mas não disse nada.

Nós o levamos até o cordame a sotavento. Eu fiquei de um lado e Stubbins do outro e então, desse modo, descemos lentamente até o convés. Fomos muito devagar, tão devagar, de fato, que o segundo imediato (que ficou para trás, no intuito de prender a gaxeta no lado a sotavento da vela) encontrou-nos e descemos todos juntos.

– Leve Jacobs ao seu beliche – ele disse, virando-se depois para encontrar um numeroso grupo de homens, um deles com uma lanterna na mão, junto à porta de uma cabine vazia sob a popa a estibordo.

Corremos para o castelo de proa. Lá encontramos tudo às escuras.

– Eles estão lá atrás… com Jock e Svenson! – Stubbins hesitou um instante antes de pronunciar os nomes.

– Sim – respondi. – É o que deve ter acontecido.

– De certo modo, eu sabia que isso aconteceria – disse ele.

Passei pela porta e acendi um fósforo. Stubbins veio atrás, guiando Jacobs, e, juntos, nós o colocamos no beliche. Nós o cobrimos com seus cobertores, pois ele não parava de ter calafrios. Então saímos. Durante esse tempo todo, ele não disse uma palavra.

Enquanto caminhávamos para a popa, Stubbins comentou que achava que tudo aquilo o deixara com um parafuso solto.

– Ele ficou completamente maluco – prosseguiu. – Não entende uma única palavra do que lhe dizem.

– Pode ser que amanhã cedo ele esteja melhor – respondi.

Quando estávamos quase chegando à popa e ao grupo de homens à espera, ele falou novamente:

– Eles os colocaram na cabine do segundo.

– Sim – eu disse. – Pobres coitados.

Alcançamos os outros homens e eles abriram o círculo, permitindo que chegássemos perto da porta. Vários perguntaram em voz baixa se Jacobs estava bem e eu respondi que sim, mas não disse nada sobre a condição em que o rapaz se encontrava.

Aproximei-me da porta e olhei para a cabine. A lamparina estava acesa e pude ver o interior claramente. Havia dois beliches no local, abrigando um corpo cada um. O capitão estava lá, recostado em uma divisória. Tinha um ar preocupado, mas estava quieto, parecendo remoer seus próprios pensamentos. O segundo imediato ocupava-se com algumas bandeiras, que usava para cobrir os corpos. O primeiro imediato estava falando com ele, evidentemente dizendo algo importante, mas sua voz era tão baixa que mal consegui discernir as palavras. Fiquei impressionado com seu aspecto abatido. Captei apenas trechos das frases que ele disse.

– ...arrebentado – eu o ouvi dizer. – E o holandês...

– Eu o vi – disse o segundo imediato, brevemente.

– Dois de uma vez – disse o companheiro – ... três em...

O segundo não respondeu.

– Claro, você sabe... acidente – o primeiro imediato continuou.

– Acha mesmo? – perguntou o segundo, com uma voz esquisita.

Vi o primeiro olhar para ele de maneira duvidosa, mas o segundo estava cobrindo o rosto morto do pobre Jock e não pareceu notar esse olhar.

– O que... O que... – o primeiro disse, calando-se em seguida

Após um momento de hesitação, ele disse algo mais, que não consegui entender, mas parecia haver muito medo em sua voz.

O segundo imediato pareceu não tê-lo ouvido, de todo modo, ele não respondeu, mas curvou-se e estendeu a bandeira sobre a figura rígida no beliche de baixo. Havia certa ternura em seus gestos, o que me fez simpatizar com ele.

"Ele é um sujeito correto!", eu disse a mim mesmo, após refletir.

Em voz alta, eu declarei:

– Colocamos Jacobs no beliche, senhor.

O primeiro deu um pulo, então virou-se e me fitou como se houvesse visto um fantasma. O segundo imediato também se virou, mas antes que ele pudesse falar, o capitão deu um passo em minha direção.

– Ele está bem? – perguntou.

– Sim, senhor – eu disse. – Ainda está um pouco esquisito, mas provavelmente vai melhorar após dormir um pouco.

– É o que espero também – o capitão respondeu, depois dirigiu-se para o convés.

Ele caminhou lentamente em direção à escada da popa a estibordo. O segundo permaneceu ao lado da lamparina e o primeiro, após lançar um rápido olhar para ele, seguiu o capitão até a popa. De repente, me ocorreu que o homem havia tropeçado em parte da *verdade*. Um acidente após o outro! Era evidente que, em sua mente, ele estava começando a juntar os pontos. Recordei os fragmentos de suas observações ao segundo imediato. Depois me lembrei dos muitos acontecimentos menores que surgiram em momentos diferentes, dos quais ele zombara. E me perguntei se ele finalmente começaria a entender o bestial e sinistro significado que eles carregavam consigo.

"Ah! Senhor imediato valentão", pensei comigo mesmo. "Você está em maus lençóis se começou a entender apenas agora."

Então pensei no futuro obscuro que nos esperava.

– Que Deus nos ajude! – murmurei.

O segundo imediato, após olhar em volta, baixou o pavio da lamparina e saiu, fechando a porta atrás de si.

– E vocês, homens – ele disse aos homens do turno do primeiro imediato –, voltem para a proa, não podemos fazer mais nada. É melhor vocês dormirem um pouco.

– Sim, senhor – responderam eles, em coro.

Então, quando todos nos viramos para voltar ao castelo de proa, ele perguntou se alguém havia substituído o vigia.

– Não, senhor – respondeu Quoin.

– É a sua vez? – perguntou o segundo.

– Sim, senhor – ele respondeu.

– Apresse-se em rendê-lo, então – disse o segundo.

– Sim, sim, senhor – respondeu o homem, voltando para a proa conosco.

No caminho, perguntei a Plummer quem estava ao leme.

– Tom – disse ele.

Enquanto ele falava, várias gotas de chuva caíram e eu olhei para cima. O céu estava encoberto.

– Parece que vem tempestade por aí – eu disse.

– Sim – ele respondeu. – Teremos de amainar as velas em breve.

– Talvez seja um trabalho para muitas mãos – comentei.

– Sim – ele respondeu novamente. – De todo modo, se eles forem para a cama, não teremos ajuda.

O homem que carregava a lanterna foi para o castelo de proa e nós prontamente o seguimos.

– Onde está a nossa lanterna? – perguntou Plummer.

– Espatifou-se lá em cima – respondeu Stubbins.

– Como foi isso? – Plummer perguntou.

Stubbins hesitou.

– O segundo imediato deixou cair – respondi, cauteloso. – A vela bateu nele ou algo assim.

Os homens da outra vigília não pareceram dispostos a dormir imediatamente; em vez disso, sentaram-se em seus beliches e nos baús ao redor. Houve um movimento geral para acender cachimbos, mas no meio de todos aqueles homens, escutamos um gemido repentino, vindo de um dos beliches na parte dianteira do castelo de proa (um canto que sempre foi um pouco sombrio e que parecia ainda pior, agora que tínhamos apenas uma lamparina).

– O que foi isso? – perguntou um dos homens da outra vigília.

– Psiu... – disse Stubbins. – Ele está dormindo.

– Quem? – perguntou. – Jacobs?

– Sim – respondi. – Pobre diabo!

– O que aconteceu quando vocês estavam lá em *cima*? – perguntou o homem da outra vigília, indicando o mastaréu com a cabeça.

Antes que eu pudesse responder, Stubbins pulou de seu baú.

– O apito do segundo imediato! – ele disse. – Vamos – e correu para o convés.

Plummer, Jaskett e eu o seguimos rapidamente. Lá fora, começara a chover pesadamente. No caminho, a voz do segundo imediato chegou até nós da escuridão.

– Fiquem perto dos estingues de vela e briois – escutei-o gritar e, no instante seguinte, ouviu-se o ruído surdo da vela que ele começara a baixar.

Em poucos minutos, nós a içamos.

– Levantem-se e ferrem a vela – ele gritou.

Fui rapidamente até o cordame a estibordo, então hesitei. Ninguém mais havia se movido.

O segundo imediato aproximou-se.

– Vamos, rapazes – disse ele. – Mexam-se. Precisa ser feito.

– Eu vou, mas não sozinho – eu disse.

Ainda assim, ninguém se mexeu ou respondeu.

Tammy veio até mim.

– Eu vou – ele se ofereceu, com um tom de voz que demonstrava todo o seu nervosismo.

– Não, por Deus, não! – exclamou o segundo imediato, rispidamente.

Ele próprio saltou para o cordame principal.

– Vamos, Jessop! – ele gritou.

Eu o segui, completamente atônito. Imaginei que ele fosse soltar os cachorros nos companheiros. Não me ocorreu que pudesse ter consideração conosco. Fiquei simplesmente perplexo, mas consegui me recompor.

Tão logo acompanhei o segundo imediato, Stubbins, Plummer e Jaskett vieram imediatamente atrás de nós.

Quase a meio caminho da gávea, o segundo imediato parou e olhou para baixo.

– Quem está vindo atrás de você, Jessop? – ele perguntou.

Antes que eu pudesse falar, Stubbins respondeu:

– Sou eu, senhor. E Plummer e Jaskett.

– Quem diabos mandou vocês virem *agora*? Desçam já!

– Estamos vindo para lhe fazer companhia, senhor – foi a resposta dele.

Tive certeza de que o segundo estouraria de raiva, contudo, pela segunda vez, em poucos minutos, eu me enganei. Após um momento de pausa, em vez de xingar Stubbins, ele subiu no cordame, sem dizer uma palavra, e o resto de nós o seguiu. Alcançamos o joanete e trabalhamos rapidamente, de fato, estávamos em número suficiente para executá-lo em um piscar de olhos. Quando terminamos, notei que o segundo imediato continuou na verga quando pisamos no cordame. Evidentemente, ele estava determinado a assumir todo o risco que porventura se apresentasse, mas tomei o cuidado de ficar bem perto dele, para ser de alguma utilidade caso algo acontecesse. Contudo, chegamos ao convés sem nenhuma ocorrência. Eu disse que não houve ocorrências, mas não tenho tanta certeza disso, pois quando o segundo imediato desceu pelos vaus do joanete, ele soltou um grito curto e abrupto.

– Há algo errado, senhor? – perguntei.

– Não! – ele disse. – Nada! Bati o joelho.

E, no entanto, *agora* eu acredito que ele estivesse mentindo. Pois naquela mesma vigília eu ouviria homens gritando dessa mesma forma, mas Deus sabe que eles tinham motivos de sobra para isso.

Mãos que puxam

Assim que chegamos ao convés, o segundo imediato deu a ordem:
– Estingues de vela e briois da mezena do mastaréu – e liderou o caminho até a popa.

Nós o seguimos e ficamos ao lado das adriças, prontos para baixar. Ao me aproximar do estingue de vela a estibordo, vi que o Velho estava no convés e, quando segurei a corda, escutei-o dizer ao segundo imediato:
– Chame todos os homens para encurtar a vela, senhor Tulipson.
– Muito bem, senhor – respondeu o segundo imediato. E ergueu a voz:
– Vá para a proa, Jessop, e chame todos para encurtar a vela. É melhor você fazer isso e não o contramestre.
– Sim, senhor – respondi, apressando-me em obedecer a ordem.

Quando virei as costas, escutei-o mandar Tammy descer e chamar o primeiro imediato.

Ao chegar no castelo de proa, enfiei a cabeça pela porta a estibordo e vi que alguns homens começavam a se preparar para dormir.
– Todo mundo no convés para encurtar a vela – eu disse.
Entrei na cabine.
– Exatamente o que eu dizia – resmungou um dos homens.

– Com mil demônios, por acaso acham que vamos subir esta noite, depois do que aconteceu? – perguntou outro.

– Nós subimos no mastro principal – respondi. – O segundo imediato foi conosco.

– O quê? – disse o primeiro homem. – O segundo imediato em pessoa?

– Sim – respondi. – Todos da vigília subiram.

– E o que aconteceu? – ele perguntou.

– Nada – eu disse. – Absolutamente nada. Só tomamos um pouco de ar fresco e descemos novamente.

– Mesmo assim – comentou o segundo homem –, não tenho a menor vontade de subir depois do que aconteceu.

– Bem – respondi –, não é questão de querer. Temos de amainar a vela ou será uma bagunça. Um dos aprendizes me disse que o barômetro está caindo.

– Venham, rapazes. Temos de resolver isso – disse a essa altura um dos homens mais velhos, levantando-se de um baú. – O que está acontecendo lá fora, camarada?

– Está chovendo – eu disse. – Melhor vestirem os oleados.

Hesitei um momento antes de voltar ao convés. Do beliche à frente, entre as sombras, pareceu vir um gemido fraco.

"Pobre coitado!", pensei comigo mesmo.

Então, o velho marujo que havia falado por último chamou minha atenção.

– Está tudo certo, meu chapa! – ele disse, um tanto irritado. – Não precisa esperar. Sairemos em um minuto.

– Tudo bem. Eu não estava esperando vocês – respondi, indo até o beliche de Jacobs. Antes do ocorrido, ele havia cortado um saco velho e improvisado um par de cortinas para evitar a corrente de ar. Alguém as tinha puxado, de maneira que eu tive de afastá-las para vê-lo. Ele estava deitado de costas, respirando de um jeito esquisito e convulsivo. Não pude ver seu rosto claramente, mas ele parecia bastante pálido, à meia-luz.

– Jacobs, como está se sentindo?

Mas ele pareceu não ter me escutado. Então, após um instante, fechei as cortinas novamente e deixei-o em paz.

– Como ele está? – perguntou um dos camaradas, quando me dirigi à porta.

— Mal. Muito mal! Acho que deveriam chamar o doutor para dar uma olhada nele. Vou mencionar isso ao segundo quando tiver a chance.

Saí para o convés e corri até a proa novamente para ajudá-los com a vela. Nós a içamos e fomos para o mastaréu dianteiro. Um minuto depois, a outra vigília chegou e começou a trabalhar no mastro principal com o primeiro imediato.

Quando a vela do mastro principal estava pronta para ser ferrada, tínhamos a dianteira içada, logo, as três velas poderiam ser recolhidas. Então veio a ordem:

— Subam e ferrem as velas!

— Vamos lá, rapazes — disse o segundo imediato. — Sem atrasos dessa vez.

Perto do mastro principal dianteiro, os homens do turno do primeiro imediato pareciam amontoados ao pé do mastro, mas estava escuro demais para ver com clareza. Ouvi o primeiro começar a praguejar, então veio um rosnado e ele se calou.

— Sejam úteis, homens! Sejam úteis! — o segundo imediato gritou.

Com isso, Stubbins saltou para o cordame.

— Simbora, rapazes! — ele gritou. — Vamos ferrar a maldita vela e descer antes que eles pensem em começar.

Plummer o seguiu. Em seguida, eu, Jaskett e Quoin, que mandaram deixar a guarda para dar uma mão, fizemos o mesmo.

— Esse é o estilo, rapazes! — o segundo exclamou, encorajadoramente. Depois ele correu para a popa, até o grupo do primeiro. Escutei os dois imediatos conversando com os homens e então, quando passeávamos pela gávea do traquete, percebi que eles estavam começando a subir no cordame.

Descobri depois que, assim que o segundo imediato os viu deixar o convés, ele subiu para a mezena do mastaréu, acompanhado dos quatro aprendizes.

De nossa parte, avançamos lentamente, com o máximo de cuidado, como você pode imaginar. Desse modo, chegamos até os vaus da joanete, bem, pelo menos Stubbins chegou, pois havia subido primeiro. De repente, ele soltou um grito semelhante ao que o segundo imediato soltara um pouco antes, só que no caso de Stubbins, ele virou-se e começou a xingar Plummer.

— Poderia ter me derrubado, seu miserável de uma figa — ele gritou. — Com mil demônios, se acha que isso é brincadeira, vai empurrar outro...

– Não fui eu! – interrompeu Plummer. – Não encostei em você. Quem diabos você está xingando?

– Você...! – eu o ouvi responder, mas não compreendi suas palavras seguintes, pois um grito alto de Plummer abafou o que quer que ele pudesse ter dito.

– O que foi, Plummer? – gritei. – Pelo amor de Deus, não briguem aí em cima!

Mas uma imprecação alta e aterrorizada foi toda a resposta que ele me deu. Então, imediatamente, ele começou a berrar a plenos pulmões e no intervalo entre um grito e outro, escutei a voz de Stubbins praguejando ferozmente.

– Desse jeito, vão acabar caindo! – berrei, impotente. – Vão cair como sacos de batatas!

Cutuquei a bota de Jaskett.

– O que estão fazendo? O que estão fazendo? Você consegue ver? – perguntei, sacudindo a perna dele enquanto falava. Mas ao meu toque, o velho idiota (foi como pensei nele no momento) começou a gritar, com uma voz assustada:

– Ah! Ah! Socorro! Socooorro!

– Cale-se! Cale a boca, seu velho idiota. Se não vai fazer nada, deixe-me passar.

Mas isso o fez gritar ainda mais. E então, abruptamente, captei o som distante de um clamor assustado de vozes masculinas em algum lugar do mastro principal: maldições, gritos de medo, berros e, acima de tudo, alguém mandando todos descerem para o convés:

– Desçam! Desçam! Desçam! Maldito... – e o resto da frase foi abafado por uma nova explosão de gritos roucos no meio da noite.

Tentei passar pelo velho Jaskett, mas ele estava agarrado ao cordame, ou melhor, esparramado nele, pois essa era a melhor maneira de descrever sua atitude, pelo menos foi o que eu pude enxergar em meio à escuridão. Acima dele, Stubbins e Plummer ainda gritavam e praguejavam, e as enxárcias estremeciam e balançavam, como se os dois lutassem desesperadamente.

Stubbins parecia estar gritando algo decisivo, mas não consegui ouvir o que ele dizia.

O sentimento de impotência me deixou furioso, então chacoalhei e cutuquei Jaskett para fazê-lo se mexer.

– Maldito seja, Jaskett! – rugi. – Maldito seja, seu velho idiota e covarde! Deixe-me passar! Deixe-me passar!

Mas, em vez de me deixar passar, descobri que ele estava tentando descer. Ao perceber esse fato, segurei na barra da sua calça com minha mão direita e, com a outra, agarrei a enxárcia em algum lugar à esquerda do seu quadril; desse modo, praticamente escalei as costas do meu camarada. Então, com a mão direita, consegui alcançar a enxárcia dianteira por cima do ombro direito de Jaskett, e tendo arranjado um lugar firme para agarrar, passei a mão esquerda para lá, no mesmo instante, consegui colocar o pé na junção do enfrechate e subir um pouco mais. Então parei por um instante e ergui a cabeça.

– Stubbins! Stubbins! – gritei. – Plummer! Plummer!

E enquanto eu os chamava, o pé de Plummer (surgindo em meio àquele breu) acertou em cheio meu rosto voltado para cima. Soltei o cordame e golpeei furiosamente sua perna com minha mão direita, xingando-o por sua falta de jeito. Ele levantou o pé e, no mesmo instante, uma frase de Stubbins chegou até mim, com uma estranha distinção:

– *Pelo amor de Deus, mande-os descer ao convés!* – ele estava gritando.

Quando escutei essas palavras, algo na escuridão agarrou minha cintura. Segurei desesperadamente ao cordame com as duas mãos e ainda bem que fiz isso logo, pois no mesmo instante, fui puxado com uma brutal ferocidade que me deixou horrorizado. Não disse nada, mas comecei a dar chutes com meu pé esquerdo. É estranho, mas não posso afirmar categoricamente que acertei alguma coisa, eu estava desesperado e muito assustado para ter certeza, e ainda assim, tive a impressão de que meu pé encontrou algo macio, que sentiu a força do golpe. Pode não ter sido nada além da minha imaginação, mas estou inclinado a pensar o contrário, pois soltaram minha cintura de imediato, e comecei a descer, agarrando as enxárcias com grande afobação.

Tenho apenas uma vaga lembrança do que aconteceu depois. Se passei por cima de Jaskett ou ele me cedeu espaço, não sei dizer. Sei apenas que consegui chegar ao convés precipitadamente, cego de medo e agitação, e depois disso, lembro-me apenas de estar no meio de uma turba de marinheiros enlouquecidos, que berravam sem parar.

A busca por Stubbins

De modo confuso, eu estava consciente de que o capitão e os imediatos se encontravam entre nós, tentando nos acalmar de alguma forma. Eventualmente, eles conseguiram e nos mandaram ir para a popa, até a sala de jantar. Fomos todos juntos, em massa. Lá, o próprio capitão serviu um grande gole de rum a cada um de nós. Então, seguindo suas ordens, o segundo imediato fez a chamada.

Ele chamou primeiro os homens da vigília do primeiro imediato e todos responderam. Então veio para o nosso canto e deve ter ficado muito agitado, pois a primeira pessoa que ele chamou foi Jock.

Pairou um silêncio mortal entre nós, e notei os lamentos e gemidos do vento lá no alto, e o sacudir das três velas desfraldadas.

O segundo imediato chamou apressadamente o próximo nome:

– Jaskett!

– Aqui, senhor – Jaskett respondeu.

– Quoin.

– Sim, senhor.

– Jessop.

– Aqui, senhor – respondi.

– Stubbins.

Não houve resposta.

– Stubbins – chamou novamente o segundo imediato.

De novo não houve resposta.

– Stubbins está aqui? Digam alguma coisa! – A voz do segundo pareceu cortante e ansiosa.

Houve uma pausa momentânea. Então, um dos homens falou:

– Ele não está aqui, senhor.

– Quem o viu pela última vez? – perguntou o segundo.

Plummer deu um passo à frente, entrando no salão iluminado. Ele estava sem casaco e sem boné. A camisa estava em farrapos.

– Eu, senhor – disse ele.

O Velho, que estava ao lado do segundo imediato, deu um passo em direção a ele, mas parou e o encarou. Foi o segundo quem falou:

– Onde? – ele perguntou.

– Estava logo acima de mim, nos vaus dos joanetes, quando, quando... – e o homem calou-se.

– Sim, sim! – o segundo imediato respondeu. Então virou-se para o capitão. – Alguém terá de subir, senhor, e ver... – hesitou.

– Mas... – disse o Velho, e parou.

O segundo imediato o interrompeu.

– Eu vou, em nome dos oficiais, senhor – disse, calmamente.

Então voltou-se para a tripulação reunida.

– Tammy – ele ordenou, com voz firme –, traga algumas lanternas do armário de lamparinas.

– Sim, senhor – Tammy respondeu, indo buscá-las apressadamente.

– E agora – disse o segundo imediato, dirigindo-se a nós. –, quero que alguns homens subam comigo para procurar Stubbins.

Ninguém respondeu. Eu teria gostado de dar um passo à frente e me oferecer naquele momento, mas a lembrança daquele horrendo aperto ainda era muito recente e, juro pela minha alma, não pude reunir coragem.

– Vamos! Vamos, homens! – ele disse. – Não podemos deixá-lo lá em cima. Vamos levar lanternas. Quem vem comigo?

Dei um passo à frente. Estava terrivelmente abalado, mas a vergonha de ficar para trás venceu o medo.

– Eu vou com o senhor – eu disse, com uma voz não muito alta e bastante alterada com o nervosismo.

– Esse é o espírito, Jessop! – ele respondeu, em um tom que me deixou feliz por ter me apresentado.

A essa altura, Tammy voltou com as lanternas. Ele as entregou para o segundo, que pegou uma e mandou que ele me entregasse a outra. O segundo imediato ergueu a lanterna sobre sua cabeça e olhou em volta para o grupo de homens hesitantes.

– Vamos, homens! – ele exclamou. – Não querem que eu e Jessop subamos sozinhos, não é? Precisamos de apenas mais um ou dois! Diabos, não ajam como um bando de covardes!

Quoin deu um passo à frente e falou pelo grupo.

– Não sei se somos covardes, senhor, mas olhe só para *ele* – e apontou para Plummer, que ainda se destacava, totalmente iluminado, à porta do salão. – Que espécie de criatura faz uma coisa dessas, senhor? – ele continuou. – E o senhor quer que a gente suba de novo! É claro que não estamos ansiosos para fazer isso.

O segundo imediato olhou para Plummer. Como já mencionei, o pobre rapaz estava em péssimo estado: sua camisa rasgada tremulava com o vento que entrava pela porta.

Mesmo após fitá-lo demoradamente, ele não disse nada. Foi como se a constatação do estado de Plummer o deixasse sem palavras. Finalmente, o próprio Plummer quebrou o silêncio.

– Eu vou com o senhor – disse ele. – Mas precisamos de mais lanternas, duas não vão bastar. Só vamos conseguir se levarmos muita luz.

O homem tinha coragem. Fiquei surpreso por ter se oferecido para ir, depois do que ele tinha passado. Contudo, meu espanto seria ainda maior, pois, subitamente, o capitão (que durante todo esse tempo mal tinha falado) deu um passo à frente e pôs a mão no ombro do segundo imediato.

– Também o acompanharei, senhor Tulipson – disse ele.

O segundo imediato virou a cabeça e olhou para ele por um momento, atônito. Então abriu a boca.

– Não, senhor, não acho que seja... – ele começou.

– Basta, senhor Tulipson – o Velho o interrompeu prontamente. – Já tomei minha decisão.

Ele virou-se para o primeiro imediato, que continuou parado, sem dizer uma palavra.

– Senhor Grainge – disse ele. –, vá com os aprendizes buscar lanternas azuis e alguns sinalizadores, depois distribua-os entre os homens.

O primeiro respondeu algo e saiu correndo para o salão, com os dois aprendizes em seu encalço. Então o Velho falou com os homens.

– E agora, homens! – ele começou. – Não é hora de perder tempo. Eu e o segundo imediato vamos subir, e quero que meia dúzia de vocês venha conosco para carregar as lanternas. O Plummer e o Jessop aqui já se ofereceram. Quero mais quatro ou cinco homens. Então deem um passo à frente!

Não houve qualquer hesitação então, e o primeiro homem a se apresentar foi Quoin. Depois dele, vieram mais três do turno do primeiro imediato e o velho Jaskett.

– Já basta, já basta – disse o Velho.

Ele virou-se para o segundo imediato.

– O senhor Grainge já chegou com as lanternas? – ele perguntou, com certa irritação.

– Estou aqui, senhor – disse, atrás dele a voz do primeiro imediato, à porta do salão. Ele estava com a caixa de lanternas azuis nas mãos e, no seu encalço, vinham os dois meninos carregando os sinalizadores.

O capitão pegou a caixa com um gesto rápido e abriu-a.

– Agora, homens, quero que um de vocês venha aqui – ele ordenou.

Um dos homens da guarda do primeiro imediato correu até ele.

Ele pegou várias lanternas da caixa e entregou-as ao homem.

– Ouça bem, quando subirmos, vá até a gávea do traquete e mantenha uma dessas acesa o tempo todo, está entendendo? – disse ele.

– Sim, senhor – respondeu o homem.

– Sabe como acendê-las? – perguntou o capitão abruptamente.

– Sim, senhor.

O capitão chamou o segundo imediato:

— Onde está Tammy, aquele seu garoto, senhor Tulipson?

— Aqui, senhor – disse Tammy, respondendo por si mesmo.

O Velho tirou outra lanterna da caixa.

— Preste atenção, garoto! Pegue isso e fique de prontidão no convés dianteiro. Quando subirmos, você deve iluminar o caminho até que o homem consiga chegar ao topo. Entendeu?

— Sim, senhor – respondeu Tammy, pegando a lanterna.

— Um minuto! – disse o Velho, abaixando-se para pegar uma segunda lanterna da caixa. – É possível que a primeira lanterna se apague antes que estejamos no alto. É melhor ter outra, caso isso aconteça.

Tammy pegou a segunda lanterna e se afastou.

— Os sinalizadores estão prontos para serem acesos, senhor Grainge? – perguntou o capitão.

— Tudo pronto, senhor – respondeu o primeiro imediato.

O Velho colocou uma das lanternas azuis no bolso do casaco e aprumou-se o mais que pôde.

— Muito bem. Dê um a cada homem. E veja se todos eles têm fósforos.

Depois dirigiu-se aos homens, em particular:

— Assim que estivermos prontos, os outros dois homens da vigília do primeiro imediato irão até a linha da grua e manterão os sinalizadores ali. Levem também as latas de parafina. Quando chegarmos à vela do joanete superior, Quoin e Jaskett subirão nos braços da verga e mostrarão seus sinalizadores. Tomem cuidado para manter as lanternas longe das velas. Plummer e Jessop virão comigo e com o segundo imediato. Todos compreenderam claramente o que eu disse?

— Sim, senhor – disseram os homens em coro.

Uma ideia súbita pareceu ocorrer ao capitão, pois ele virou-se e saiu pela porta do salão. Cerca de um minuto depois, ele voltou e entregou ao segundo imediato algo que brilhou à luz das lanternas. Vi que era um revólver. Ele segurava outro na mão e o colocou em seguida no bolso lateral.

O segundo imediato segurou a pistola por um momento, parecendo um pouco relutante.

— Não creio, senhor... – ele começou.

Mas o capitão o interrompeu.

– Você não sabe se vai precisar! – ele disse. – Coloque-o no bolso.

Então ele virou-se para o primeiro imediato.

– O senhor Grainge se encarregará do convés enquanto estivermos lá em cima – disse ele.

– Sim, senhor – o primeiro respondeu e mandou um de seus aprendizes levar a caixa de lanternas azuis de volta à cabine.

O Velho virou-se e liderou o caminho até a proa. Enquanto o seguíamos, a luz das duas lanternas brilhou no convés, mostrando a confusão no convés, repleto de entulho do mastaréu. O cordame também estava sujo e emaranhado. Suponho que tenha sido por causa da turba desesperada que sapateou em cima dele, na tentativa de chegar ao convés. E então, subitamente, como se a visão das cordas tivesse despertado em mim uma compreensão mais vívida, ocorreu-me de novo, a estranheza da situação... Senti uma pontada de desespero e me perguntei qual seria o desenlace desses acontecimentos bestiais.

De repente, ouvi o capitão gritar lá na frente. Ele estava mandando Tammy ir para a camarata do convés dianteiro com sua lanterna azul. Alcançamos o cordame dianteiro e, no mesmo instante, o brilho insólito e fantasmagórico da luz azul de Tammy irrompeu noite adentro, fazendo com que todas as cordas, velas e mastros surgissem à vista, com uma estranha aparência.

Vi que o segundo imediato já estava no cordame a estibordo, com sua lanterna. Ele gritou para Tammy não deixar a lanterna pingar na vela de estai guardada no convés dianteiro. Então, de algum lugar a bombordo, ouvi o capitão mandar nos apressarmos.

– Vamos, homens – ele disse. – Apressem-se.

O homem que recebeu ordens de permanecer na gávea do traquete estava bem atrás do segundo imediato. Plummer estava alguns enfrechates mais abaixo.

Escutei a voz do Velho novamente.

– Onde está Jessop com aquela outra lanterna? – escutei-o gritar.

– Aqui, senhor – respondi.

– Traga-a para cá – ele ordenou. – Não são necessárias duas lanternas em um só lado.

Dei a volta na camarata dianteira. Então o vi. Ele estava no cordame, subindo agilmente. Um homem da vigília do primeiro imediato e Quoin estavam próximos a ele. Isso eu vi quando dei a volta pela camarata. Eu saltei, agarrei a barra e passei por cima da amurada. E então, de repente, a lanterna azul de Tammy apagou-se e houve o que me pareceu, por contraste, um completo breu. Fiquei onde estava, com um pé na amurada e o joelho apoiado na barra. A luz da minha lanterna não passava de um brilho doentio amarelado em meio àquela escuridão. Lá em cima, a cerca de doze ou quinze metros e alguns enfrechates abaixo da alheta do cordame a estibordo, pude ver outra luz amarela brilhar na noite. Fora isso, estava um completo breu. E então, lá de cima, de uma grande altura, irrompeu na escuridão um estranho e soluçante grito. O que era, não sei, mas parecia horrível.

A voz do capitão chegou até mim, frenética.

– Depressa com essa luz, garoto! – ele berrou. E o facho azul brilhou de novo, quase antes que ele terminasse de falar.

Encarei o capitão. Ele estava parado onde eu o tinha visto pela última vez, antes de a luz apagar e os dois homens também. Enquanto eu o fitava, ele começou a subir de novo. Olhei a estibordo. Jaskett e o outro homem do turno do primeiro imediato estavam na metade do caminho entre a camarata da proa e a gávea do traquete. Seus rostos estavam extraordinariamente pálidos com o brilho mortiço da luz azul. Mais acima, vi o segundo imediato na alheta do cordame, erguendo sua lanterna para tentar enxergar o topo. Então ele continuou subindo e não pude mais vê-lo. O homem com as lanternas azuis o seguiu e também desapareceu de vista. A bombordo e bem acima de mim, os pés do capitão estavam, naquele instante, deixando as enxárcias da alheta. Com isso, apressei-me em segui-lo.

Então, subitamente, quando eu já estava perto do cesto da gávea, brilhou no alto o forte clarão de uma luz azul e, quase no mesmo instante, a lanterna de Tammy se apagou.

Olhei para o convés. Estava repleto de sombras grotescas e tremeluzentes projetadas pela luz de cima. Um grupo de homens permanecia próximo à porta da galera, a bombordo, com os rostos voltados para cima, pálidos e irreais sob o brilho da luz.

Então, em um momento eu estava no cordame da alheta e pouco depois, no cesto da gávea, ao lado do Velho. Ele gritou para os homens que haviam deixado a linha da grua. Aparentemente, o homem a bombordo havia se atrapalhado, mas por fim (quase um minuto depois que o outro acendeu seu sinalizador), ele conseguiu acender o dele. A essa altura, o homem no cesto acendeu a segunda lanterna azul e estávamos prontos para subir no cordame do mastaréu. Primeiro, no entanto, o capitão inclinou-se sobre a lateral do cesto da gávea e mandou o primeiro imediato enviar um homem para o castelo de proa com um sinalizador. O primeiro respondeu e então retomamos a subida, com o Velho liderando o caminho.

Felizmente, a chuva havia cessado e o vento não parecia ter aumentado, na verdade, parecia até ter diminuído, mas foi o bastante, no entanto, para fazer saltar ocasionalmente as chamas dos sinalizadores, transformando-as em sinuosas serpentes de fogo com um metro de comprimento, no mínimo.

Na metade do caminho até o cordame do mastaréu, o segundo imediato perguntou para o capitão se Plummer deveria acender seu sinalizador, mas o Velho disse que era melhor esperar até chegarmos aos vaus do joanete, pois então ele poderia se afastar do aparelho e ir para algum lugar onde houvesse menos perigo de incêndio.

Quando chegamos nos vaus da joanete, o Velho parou e mandou que eu lhe passasse a lanterna de Quoin. Ele e o segundo imediato detiveram-se quase simultaneamente, alguns enfrechates adiante, erguendo as lanternas o mais alto possível e fitando a escuridão.

– Vê algum sinal dele, senhor Tulipson? – perguntou o Velho.

– Não, senhor. Nenhum sinal.

Ele levantou a voz.

– Stubbins! Stubbins, onde está você?

Aguçamos nossos ouvidos, mas não escutamos nada, além do gemido do vento e do tremular da parte inferior da vela do joanete, acima de nós.

O segundo imediato saltou sobre os vaus do joanete e Plummer o seguiu. O homem saiu pelo brandal do sobrejoanete e acendeu o sinalizador. Com ele, conseguimos ver tudo claramente, mas até onde a luz alcançava, não havia vestígio de Stubbins.

– Ei, vocês dois! Levem os sinalizadores para os braços da verga – gritou o capitão. – Depressa! Mantenha-os longe da vela!

Os homens subiram na tralha de esteira, Quoin a bombordo e Jaskett a estibordo. Com auxílio da lanterna de Plummer, pude vê-los claramente, conforme pisavam na verga. Notei que se moviam com bastante cautela, o que não me surpreendeu. E então, quando se aproximaram dos braços da verga, saíram do alcance da luz, logo, não pude mais vê-los claramente. Alguns segundos se passaram, e então a luz do sinalizador de Quoin apagou-se com o vento, no entanto, quase um minuto se passou e nada de Jaskett.

Então, da semiescuridão do braço da verga a estibordo, ouvimos Jaskett praguejar e em seguida, quase de imediato, o ruído de algo vibrando.

– O que foi? – gritou o segundo imediato. – Qual é o problema, Jaskett?

– É a tralha de esteira, senhoo-r! – ele disse a última palavra com uma espécie de arquejo.

O segundo imediato curvou-se rapidamente, com a lanterna. Eu estiquei o pescoço e observei o lado posterior do mastaréu.

– Qual é o problema, senhor Tulipson? – escutei o Velho chamar.

No braço da verga, Jaskett começou a gritar por socorro, e então, de repente, à luz da lanterna do segundo imediato, vi que a tralha de esteira a estibordo, na vela do joanete superior, estava sendo violentamente sacudida. Na verdade, melhor seria dizer selvagemente sacudida. E então, quase imediatamente, o segundo imediato passou a lanterna da mão direita para a esquerda. Ele pôs a direita no bolso e puxou a arma com um solavanco. Estendeu o braço, como se estivesse apontando para algo um pouco abaixo da verga. Em seguida, um rápido lampejo passou zunindo através das sombras, seguido imediatamente por um estalo agudo e retumbante. No mesmo instante, vi que a tralha de esteira parou de chacoalhar.

– Acenda o sinalizador! Acenda o sinalizador, Jaskett! – o segundo gritou – Depressa!

Escutei o som de um fósforo sendo riscado no braço da verga e, em seguida, vi imediatamente o grande jorro de fogo do sinalizador que fora aceso.

– Assim está melhor, Jaskett. Você está bem agora! – o segundo imediato disse a ele.

– O que foi, senhor Tulipson? – escutei o capitão perguntar.

Olhei para cima e vi que ele havia saltado para onde o segundo imediato estava. O segundo imediato explicou o que havia acontecido, mas não falou alto o suficiente para que eu compreendesse suas palavras.

Quando a luz do sinalizador iluminou Jaskett, fiquei impressionado com a posição em que ele se encontrava. Ele estava agachado, com o joelho direito inclinado sobre a verga e a perna esquerda caída entre esta última e a tralha de esteira. Havia fincado os cotovelos sobre a verga, em busca de apoio, enquanto acendia o sinalizador. Depois, porém, trouxe os dois pés de volta à tralha de esteira e estava deitado de bruços sobre a verga, com o sinalizador um pouco abaixo da extremidade da vela. Foi então, com a luz incidindo na parte dianteira da vela, que vi um pequeno buraco um pouco abaixo da tralha de esteira, através do qual brilhava um raio de luz. Era, sem dúvida, o buraco que a bala do revólver do segundo imediato havia feito na vela.

Então escutei o Velho gritando para Jaskett.

– Cuidado com esse sinalizador aí! Vai incendiar a vela!

Ele deixou o segundo imediato e voltou para o lado a bombordo do mastro.

À minha direita, a luz dos sinalizadores de Plummer parecia cada vez mais fraca. Fitei seu rosto através da fumaça. Ele não estava prestando atenção nela, em vez disso, olhava para algum ponto acima de sua cabeça.

– Jogue um pouco de parafina nela, Plummer! – gritei para ele. – Vai baixar essa chama em um instante.

Ele olhou rapidamente para baixo e fez o que eu sugeri. Então ergueu a lanterna o mais alto possível e fitou novamente a escuridão.

– Vê alguma coisa? – perguntou o Velho, observando sua atitude.

Plummer olhou para ele assustado.

– É a vela do joanete, senhor – explicou ele. – Está toda desfraldada.

– O quê? – indagou o Velho.

Ele estava a alguns enfrechates do cordame do mastaréu e inclinou o corpo para ver melhor.

– Senhor Tulipson! – ele gritou. – Você sabia que a vela do joanete está desfraldada?

– Não, senhor – respondeu o segundo imediato. – Deve ser mais uma obra desses demônios!

– Está completamente desfraldada – disse o capitão, e ele e o segundo subiram mais alguns enfrechates, lado a lado.

Eu estava então acima dos vaus dos joanetes e bem atrás do Velho.

De repente, ele gritou:

– Lá está ele! Stubbins! Stubbins!

– Onde, senhor? – perguntou o segundo, ansiosamente. – Não consigo vê-lo!

– Ali! Ali! – respondeu o capitão, apontando.

Inclinei-me sobre o cordame e olhei para cima, ao longo de suas costas, na direção que seu dedo indicava. No início, não vi nada, mas então, lentamente, consegui divisar uma figura obscura agachada sobre a camisa de vela do joanete, parcialmente oculta pelo mastro. Eu a encarei e, gradualmente, percebi que havia várias delas e, pior ainda, que sobre a verga havia uma protuberância que poderia ser qualquer coisa, embora só fosse visível de maneira indistinta, em meio ao tremular da lona.

– Stubbins! Stubbins, desça daí! Está me ouvindo? – berrou.

Mas ninguém veio e não houve resposta.

– Há dois... – eu comecei, mas ele voltou a gritar:

– Desça daí! Raios, não está ouvindo?

Mesmo assim, não houve resposta.

– Macacos me mordam, ainda não consigo vê-lo, senhor! – o segundo imediato disse do seu lado do mastro.

– Ora, não consegue! – exclamou o Velho, já furioso. – Pois eu o farei vê-lo!

E curvou-se na minha direção com a lanterna.

– Segure a lanterna, Jessop – disse ele, e eu obedeci.

Então ele puxou a lanterna azul do bolso e, enquanto fazia isso, vi que o segundo virou a cabeça e espiou a parte de trás do mastro onde estava o capitão. Evidentemente, com aquela luz indistinta, ele deve ter interpretado mal a atitude do Velho, pois, de repente, gritou com uma voz assustada:

– Não atire, senhor! Pelo amor de Deus, não atire!

– Raios! Não vou atirar! – exclamou o Velho. – Veja!

Ele tirou a tampa da lanterna.

– Há dois deles, senhor.

– Como! – ele exclamou em voz alta, e, no mesmo instante, esfregou a extremidade da lanterna na tampa e ela pegou fogo.

Ele a ergueu de forma a iluminar por completo a verga do sobrejoanete, como se fosse dia. Imediatamente, algumas figuras pularam silenciosamente da verga do sobrejoanete para a do mastaréu. No mesmo instante, a protuberância que estava agachada no meio da verga levantou-se. Correu para o mastro, e eu a perdi de vista.

– Deus! – escutei o capitão ofegar e ele enfiou a mão no bolso lateral.

Vi as duas figuras que caíram no mastaréu correrem rapidamente para a verga, uma a estibordo e outra para o braço da verga a bombordo.

No outro lado do mastro, a pistola do segundo imediato disparou duas vezes, bruscamente. Então, sobre a minha cabeça, o capitão atirou duas vezes, e depois mais uma, mas com que resultado, não sei dizer. De repente, quando ele disparou o último tiro, percebi que algo indistinto deslizava pelo brandal do sobrejoanete a estibordo.

Ia cair bem em cima de Plummer, que, completamente alheio àquela coisa, fitava a verga do mastaréu.

– Cuidado, Plummer! Vai cair em cima de você! – eu quase guinchei.

– O quê? Onde? – ele perguntou, agarrando-se ao estai e sacudindo nervosamente o sinalizador.

Lá embaixo, na verga do joanete superior, as vozes de Quoin e Jaskett ergueram-se simultaneamente, e, no mesmo instante, seus sinalizadores se apagaram. Então Plummer gritou e sua lanterna extinguiu-se por completo. Restaram apenas as duas lanternas simples e a lanterna azul do capitão, e também elas, alguns segundos depois, tremeluziram e se extinguiram.

O capitão e o segundo imediato gritaram para os homens na verga e escutei-os responder com vozes trêmulas. Adiante, nos vaus do joanete, eu pude ver, com a luz da minha lanterna, que Plummer ainda se agarrava ao brandal, parecendo atordoado.

– Você está bem, Plummer? – chamei.

– Sim – disse ele, após uma pequena pausa, e então praguejou.

– Saiam já dessa verga, homens! – o capitão gritou. – Vamos! Saiam já!

No convés, ouvi alguém chamando, mas não consegui distinguir as palavras. Acima de mim, com a pistola na mão, o capitão olhava ao redor, inquieto.

– Erga mais a lanterna, Jessop – disse ele. – Não consigo ver!

Embaixo de nós, os homens pularam da verga para o cordame.

– Desçam para o convés! – ordenou o Velho. – O mais rápido possível!

– Você também, Plummer! – berrou o segundo imediato. – Desça com os outros!

– Desça, Jessop! – disse o capitão, falando rapidamente. – Desça já!

Passei pelos vaus do joanete e ele me seguiu. Do outro lado, o segundo imediato descia conosco. Ele passou sua lanterna para Plummer e vislumbrei o brilho do revólver em sua mão direita. Dessa forma, chegamos ao cesto da gávea. O homem que estivera ali com as lanternas azuis havia sumido. Mais tarde, descobri que ele desceu para o convés assim que elas se extinguiram. Não havia sinal do homem com o sinalizador na linha da grua a estibordo. Soube depois que ele também havia escorregado por um dos brandais até o convés pouco antes de chegarmos ao cesto da gávea. Ele jurou que a grande sombra negra de um homem caíra de repente sobre ele, vinda lá do alto. Quando ouvi aquilo, lembrei-me da coisa que eu tinha visto caindo sobre Plummer. Contudo, o homem que saíra da linha da grua a bombordo (aquele que se atrapalhou para acender o sinalizador) ainda estava no lugar em que o tínhamos deixado, embora a luz de sua lanterna agora estivesse muito fraca.

– Ei, *você*, saia daí! – o Velho berrou. – E depressa! Vá para o convés!

– Sim, senhor – respondeu o homem, e começou a descer.

O capitão esperou até que ele tivesse pisado no cordame principal e então me disse para descer do cesto da gávea. Quando ele se preparava para me seguir, houve de repente um grande clamor no convés e então ouvimos o som de um homem gritando.

– Sai da minha frente, Jessop! – o capitão rugiu e desceu junto comigo.

Ouvi o segundo imediato gritar algo do cordame a estibordo. E então descemos todos ao mesmo tempo, o mais rápido possível. Vislumbrei momentaneamente um homem sair correndo da entrada do castelo de proa a bombordo. Em menos de meio minuto, estávamos no convés, entre uma multidão de homens que se agrupavam ao redor de algo. No entanto, estranhamente, eles não fitavam o que jazia no meio deles, mas olhavam para trás, para algo na escuridão.

– Está na amurada! – gritaram várias vozes.

– Pulou no mar! – exclamou alguém, com uma voz nervosa. – Por cima da amurada!

– Não havia nada! – disse um homem, em meio a multidão.

– Silêncio! – gritou o Velho. – Onde está o primeiro imediato? O que aconteceu?

– Aqui, senhor – respondeu o primeiro imediato, trêmulo, do centro do grupo. – É Jacobs, senhor. Ele... ele...

– O quê? – perguntou o capitão. – Ele o quê?

– Ele... ele está... está morto, eu acho! – disse o primeiro imediato, estremecendo.

– Deixe-me ver – disse o Velho, em um tom mais baixo.

Os homens apartaram-se para ceder espaço e ele se ajoelhou ao lado do homem no convés.

– Ilumine aqui, Jessop – disse ele.

Fui até ele e ergui a lanterna. O homem estava deitado de bruços no convés. Sob a luz da lanterna, o capitão o virou e olhou para ele.

– Sim – disse ele, após um breve exame. – Está morto.

Ele se levantou e fitou o corpo por um momento, em silêncio. Então virou-se para o segundo imediato, que ficou à espera durante os últimos minutos.

– Três! – ele disse, com uma voz sombria.

O segundo imediato assentiu e pigarreou. Pareceu prestes a dizer algo, então virou-se, fitou Jacobs e não disse nada.

– Três – repetiu o Velho. – Desde os oito sinos!

Ele se abaixou e olhou novamente para Jacobs.

– Pobre coitado. Pobre coitado – ele murmurou.

O segundo imediato deu um grunhido rouco, para limpar a garganta, e falou.

– Para onde devemos levá-lo? – perguntou, baixinho. – Os dois beliches estão cheios.

– Vai ter de colocá-lo no convés inferior – respondeu o capitão.

Enquanto o carregavam, escutei o Velho emitir um som que era quase um gemido. O restante dos homens tinham ido para o castelo de proa e não creio que ele tenha percebido que eu estava ao lado dele.

– Meu Deus! Ah, meu Deus! – murmurou e começou a caminhar devagar até a popa.

Ele tinha motivos suficientes para gemer. Havia três mortos e Stubbins desaparecera por completo. Nunca mais o vimos.

O conselho

Poucos minutos depois, o segundo imediato voltou de novo à proa. Eu ainda estava parado perto do cordame, segurando a lanterna, meio sem rumo.

– É você, Plummer? – ele perguntou.

– Não, senhor – respondi. – É Jessop.

– Onde está Plummer, então? – ele perguntou.

– Não sei, senhor – respondi. – Imagino que tenha ido para o castelo de proa. Quer que eu vá chamá-lo?

– Não, não há necessidade disso. Amarre sua lâmpada no cordame, bem aí na barra. Então vá pegar a dele e coloque-a no lado a estibordo. Depois disso, é melhor você ir até a popa para dar uma mão aos dois aprendizes no armário de lâmpadas – disse.

– Sim, senhor – respondi, e fui fazer o que ele mandou. Após pegar a lanterna de Plummer e amarrá-la na barra a estibordo, corri para a popa. Encontrei Tammy e o outro aprendiz da nossa vigília ocupados no armário, acendendo lanternas.

– O que estamos fazendo? – perguntei.

– O Velho deu ordens de amarrar todas as lanternas sobressalentes que encontrarmos no cordame, de maneira a iluminar o convés – disse Tammy. – É uma ideia danada de boa!

Ele me entregou algumas lanternas e pegou duas.

– Venha – disse ele, saindo para o convés. – Vamos colocar essas no convés principal. Depois eu gostaria de falar com você.

– E quanto à mezena? – eu perguntei.

– Ah – ele respondeu, indicando com a cabeça o outro aprendiz –, ele cuidará disso. De qualquer forma, logo vai amanhecer.

Colocamos as lâmpadas nas barras: duas de cada lado. Então ele se aproximou de mim.

– Olhe aqui, Jessop! – disse ele, sem qualquer hesitação. – Você vai ter de contar ao capitão e ao segundo imediato tudo o que sabe.

– O que quer dizer? – perguntei.

– Ora, que o próprio navio é a causa do que aconteceu – respondeu ele – Se você tivesse explicado para o segundo imediato quando eu lhe disse para fazer isso, talvez não estivéssemos nessa situação!

– Mas eu não *sei* – disse eu. – Posso estar completamente enganado. É apenas uma suposição. Não tenho provas...

– Provas! – ele me interrompeu – Provas! E o que me diz dessa noite? Temos todas as provas de que precisamos!

Hesitei antes de responder.

– Também penso assim – eu disse, por fim. – Mas o que eu quero dizer é que não tenho nada que o capitão e o segundo imediato considerariam como provas. Eles jamais me levarão a sério.

– Eles vão ouvi-lo, sem sombra de dúvida – respondeu ele. – Depois do que aconteceu nessa vigília, eles vão ouvir qualquer coisa. De todo modo, é seu dever contar a eles!

– Mas o que eles poderiam fazer, afinal? – perguntei, desanimado. – Do jeito que as coisas vão indo, nesse ritmo, estaremos todos mortos até o fim da semana.

– Conte a eles – respondeu ele. – É o que você tem de fazer. Se puder convencê-los de que está certo, ficarão felizes em ancorar no porto mais próximo e nos mandar para terra firme. – Balancei a cabeça.

– Bem, de qualquer maneira, eles terão que fazer algo – ele retrucou, em resposta ao meu gesto. – Não podemos contornar o Cabo Horn[4] com o número

---

[4] O cabo Horn é o ponto mais meridional da América do Sul. Encontra-se na Ilha de Hornos, no arquipélago da Terra do Fogo, na porção pertencente ao Chile. (N.T.)

de homens que perdemos. Não temos homens suficientes para navegar o navio, se houver uma tempestade

– Você se esqueceu de uma coisa, Tammy – eu disse. – Mesmo se eu conseguisse fazer o Velho acreditar na minha hipótese, ele não poderia fazer nada. Não entende? Se eu estiver certo, nem sequer poderíamos ver a terra, se conseguíssemos chegar perto dela. É como se estivéssemos cegos...

– O que diabos quer dizer? – interrompeu ele. – Como sabe que estamos cegos? É claro que conseguiríamos enxergar a terra...

– Espere um pouco! Espere um pouco! – pedi. – Você não está entendendo. Eu não lhe contei?

– O quê?

– Sobre o navio que avistei? Pensei que você soubesse!

– Não. Quando foi isso?

– Ora, lembra de quando o Velho me expulsou do leme?

– Sim. Foi anteontem, na vigília matutina?

– Sim, e você não sabe o que aconteceu?

– Não – respondeu ele. – Isto é, ouvi dizer que o Velho pegou você cochilando no leme.

– Isso é uma grande lorota!

E então lhe contei a verdade sobre o caso. Após fazer isso, expliquei minha ideia a ele:

– Entende agora o que eu quero dizer?

– Quer dizer que essa estranha atmosfera em que estamos, ou seja lá o que isso for, não permite que vejamos outro navio? – perguntou ele, ligeiramente assustado.

– Sim. Mas o ponto que eu queria que você entendesse é que, se não podemos ver outra embarcação, mesmo quando ela está bem perto de nós, então, da mesma forma, não seremos capazes de enxergar terra. Para todos os efeitos, estamos cegos. Imagine só! Estamos no meio do oceano, navegando às cegas. O Velho não conseguiria ancorar esse navio mesmo se quisesse. Ele nos faria encalhar sem que percebêssemos.

– O que vamos fazer, então? – ele perguntou, com certo desespero. – Quer dizer que não podemos fazer nada? Certamente algo pode ser feito! É terrível!

Por alguns minutos, caminhamos para lá e para cá, à luz de diferentes lanternas. Então, ele falou novamente.

– Poderíamos colidir, então – disse ele –, com outra embarcação, sem percebê-la?

– É possível – respondi. – Porém, pelo que observei, é evidente que *nós* somos perfeitamente visíveis, de maneira que eles nos veriam facilmente e poderiam se afastar de nós, embora não possamos vê-los.

– E podemos topar com alguma coisa e nem vê-la? – ele perguntou, seguindo minha linha de pensamento.

– Sim. Só que não há nada que impeça o outro navio de sair do nosso caminho.

– Mas e se não for um navio? – ele insistiu. – E se for um *iceberg*, uma rocha ou até mesmo um náufrago?

– Nesse caso, provavelmente iríamos danificá-lo – respondi, com certa irreverência.

Ele não falou nada e, por alguns momentos, ficamos ambos em silêncio.

– Aquelas luzes da outra noite... Eram de um navio? – ele perguntou de chofre.

– Sim – respondi. – Por quê?

– Ora, não percebe que se elas fossem realmente luzes, nós *poderíamos* vê-las?

– Bem, foi o que me pareceu – respondi. – Mas você se esqueceu de que o segundo imediato me mandou deixar a guarda por ter a ousadia de afirmar isso.

– Não foi o que eu quis dizer... Percebe que o fato de um de nós ser capaz de vê-la mostra que a atmosfera não estava, nesse momento, sobre nós?

– Não necessariamente – respondi. – Talvez tenha sido apenas uma abertura momentânea, embora, é claro, eu possa estar totalmente errado. Mas, de qualquer modo, o fato de que as luzes desapareceram tão logo foram vistas, mostra que a atmosfera ainda pairava sobre o navio.

Tive a impressão de que ele finalmente entendera o meu ponto de vista e quando ele falou novamente, sua voz demonstrava que ele havia perdido as esperanças.

– Então acha que não vale a pena contar ao segundo imediato e ao capitão? – ele perguntou.

– Não sei – respondi. – Estive pensando sobre isso e acho que não faria mal contar. Estou disposto a fazê-lo.

– É o que eu faria – disse ele. – Não precisa mais ter medo de ser alvo de zombarias. Talvez seja de alguma ajuda. Você viu mais do que qualquer outra pessoa.

Ele parou de andar e olhou ao redor.

– Espere um pouco. – Recuou alguns passos. Eu o vi olhar para a popa, então ele voltou. – Venha agora – disse ele. – O Velho está na popa, conversando com o segundo imediato. A hora é essa.

Ainda assim, eu hesitei, mas ele me puxou pela manga e quase me arrastou até a escada a sotavento.

– Tudo bem – eu disse, quando pisei nos degraus. – Tudo bem, eu vou. Macacos me mordam se vou saber o que dizer quando chegar lá.

– Apenas diga que deseja falar com eles. Eles vão perguntar o que você deseja, depois é só abrir a boca e soltar as palavras. Garanto que ouvirão o que tem a dizer.

– É melhor vir também – sugeri. – Você pode validar minha palavra em muitos pontos.

– Eu vou no momento oportuno – respondeu ele. – Agora suba.

Subi a escada e fui até onde o capitão e o segundo imediato pareciam entabular uma conversa séria, perto da amurada. Tammy não me acompanhou. Quando me aproximei deles, captei duas ou três palavras, embora, na época, eu não tenha atribuído nenhum significado especial a elas. Estas eram: "... mande buscá-lo". Então os dois se viraram e olharam para mim, e o segundo imediato perguntou o que eu queria.

– Quero falar com o senhor e com o Ve... capitão – respondi.

– O que foi, Jessop? – perguntou o capitão.

– Nem sei por onde começar, senhor – eu disse. – É... é sobre essas... essas coisas.

– Que coisas? Fale, homem – ele esbravejou.

– Bem, senhor, desde que deixamos o porto uma coisa terrível, ou mais de uma, subiu a bordo deste navio.

Eu vi o capitão e o segundo imediato se entreolharem rapidamente. Então o capitão respondeu.

– Como assim, "subiu a bordo"?

– Saiu do mar e subiu a bordo, senhor. Eu os vi. Tammy também.

– Ah! – ele exclamou e tive a impressão, pelo seu semblante, de que ele estava começando a entender. – Saiu do mar!

Ele fitou novamente o segundo imediato, mas o segundo estava olhando para mim.

– Sim, senhor. É o *navio*. Ele não é seguro! Eu o tenho observado. Acho que sei o que está acontecendo, mas há muita coisa que ainda não entendo.

Eu parei. O capitão voltou-se para o segundo imediato. O segundo assentiu, gravemente. Então eu o ouvi murmurar, em voz baixa, e o Velho responder, depois disso, ele virou-se para mim novamente.

– Ouça, Jessop – disse ele. – Vou falar sem rodeios. Você não me parece um marinheiro qualquer e acho que é sensato o bastante para ficar de bico calado.

– Minha patente é de imediato, senhor – eu respondi, simplesmente.

Atrás de mim, percebi que Tammy teve um sobressalto. Ele não sabia disso, até então.

O capitão acenou com a cabeça.

– Tanto melhor – respondeu ele. – É possível que eu tenha de falar com você a respeito disso, mais tarde.

Ele fez uma pausa, e o segundo imediato disse algo em voz baixa.

– Sim – ele concordou, como se respondesse ao segundo. Então falou comigo novamente: – Você afirmou que viu coisas saindo do mar, não é? – ele questionou. – Agora diga-me tudo o que conseguir lembrar, desde o início.

Contei-lhe tudo em detalhes, começando com a estranha figura que subira a bordo, vinda do mar, e continuei meu relato até chegar no que havia ocorrido naquela mesma vigília.

Eu me ative aos fatos, e de vez em quando ele e o segundo imediato se entreolhavam e assentiam. No final, ele virou-se para mim com um gesto abrupto.

– Ainda afirma, então, que viu um navio na outra manhã, quando eu o expulsei do leme? – perguntou ele.

– Sim, senhor. Certamente.

– Mas você sabia que não havia navio algum! – ele disse.

– Sim, senhor – respondi, em tom de desculpas. – Na verdade, havia, e, se o senhor me permitir, creio que posso tentar explicar.

– Então prossiga.

Agora ele parecia estar disposto a me levar a sério. O medo que eu sentia desapareceu, e fui em frente, revelando minhas teorias sobre a névoa e o que ela parecia ter provocado. Concluí contando como Tammy me pressionara a procurá-los para contar o que eu sabia.

– Ele achou que talvez o senhor resolvesse ancorar no primeiro porto que aparecesse, mas eu disse a ele que achava que o senhor não seria capaz de fazer isso, mesmo se quisesse.

– E por que achou isso? – ele perguntou, profundamente interessado.

– Bem, senhor – respondi –, se somos incapazes de ver outras embarcações, não poderíamos avistar terra firme. O senhor acabaria encalhando o navio, sem ao menos saber onde estava.

Essa perspectiva do caso deixou o Velho bastante impressionado, assim como o segundo imediato, creio eu. Nenhum dos dois falou por um longo tempo. Então o capitão explodiu:

– Santo Deus, Jessop! – disse ele. – Se estiver certo, que Deus tenha piedade de nós.

Ele refletiu por alguns instantes. Então falou novamente, e pude ver que ele estava visivelmente consternado:

– Meu Deus! Se você estiver certo!

O segundo imediato falou, então:

– Os homens não podem saber, senhor – advertiu-o. – Seria um problema se eles soubessem!

– Sim – disse o Velho.

E dirigiu-se a mim:

– Lembre-se disso, Jessop – disse ele. – Haja o que houver, não vá dar com a língua nos dentes no castelo de proa.

– Sim, senhor – respondi.

– E você também, garoto – disse o capitão. – Bico calado. Já temos um tremendo problema, não piore ainda mais a situação. Está ouvindo?

– Sim, senhor – respondeu Tammy.

O Velho virou-se para mim novamente.

– Você mencionou que essas coisas, ou criaturas, saem do mar – disse ele. – Nunca as viu antes do anoitecer? – ele perguntou.

– Não, senhor – respondi. – Nunca.

Ele virou-se para o segundo imediato.

– Pelo que percebi, senhor Tulipson – ele observou –, o perigo parece surgir apenas à noite.

– Sempre à noite, senhor – respondeu o segundo.

O Velho assentiu.

– Tem algo a propor, senhor Tulipson? – ele perguntou.

– Bem, senhor – respondeu o segundo imediato –, acho que a partir de agora, devemos ferrá-la todas as tardes, antes de anoitecer!

Ele falou com considerável ênfase. Então ergueu a cabeça e olhou em direção às velas enfunadas do mastaréu.

– Ainda bem, senhor – disse ele –, que o vento não está tão forte.

O Velho assentiu novamente.

– Sim – ele observou. – Teremos de fazer isso. Sabe Deus quando chegaremos em casa!

– Antes tarde do que nunca – ouvi o segundo murmurar baixinho.

Em voz alta, perguntou:

– E as luzes, senhor?

– Sim – disse o Velho. – Quero lanternas no cordame todas as noites, depois que escurecer.

– Muito bem, senhor – concordou o segundo. Então virou-se para nós. – Está amanhecendo, Jessop. É melhor você e Tammy guardarem de novo as lâmpadas no armário.

– Sim, senhor – eu disse, e desci da popa com Tammy.

A sombra no mar

Quando soaram oito sinos, às quatro horas, e os outros vigias vieram ao convés para nos render, já havia amanhecido há bastante tempo. Antes de descermos, o segundo imediato mandou prender as três velas do mastaréu, e agora que estava claro, estávamos muito curiosos para dar uma olhada lá em cima, especialmente no mastro de proa, e Tom, a quem encarregaram de inspecionar o equipamento, foi muito questionado quando desceu. Quiseram saber se havia alguma coisa estranha lá em cima. Mas ele nos disse que não havia nada de incomum lá.

Às oito horas, quando subimos ao convés para o quarto das oito à meia-noite, vi o fabricante de velas atravessando o convés, em direção à proa. Ele vinha da velha cabine do segundo imediato. Estava com a régua na mão, então soube que tomara as medidas dos pobres coitados que ali jaziam, a fim de prepará-los para o sepultamento. Desde a hora do desjejum até perto do meio-dia, ele havia trabalhado sem descanso, talhando três mortalhas de lona de uma vela antiga. Então, com a ajuda do segundo imediato e de um dos tripulantes, trouxe os três até a escotilha da popa e lá costurou os panos com algumas pedras aos pés dos defuntos. Estava prestes a terminar o serviço quando os oito sinos soaram e escutei o Velho mandar o segundo imediato chamar todos os tripulantes à popa para o enterro. Ele obedeceu e uma prancha foi instalada.

Nossas grades não eram grandes o bastante, então eles tiveram que ser jogados por uma das escotilhas. O vento cessara durante a manhã e o mar estava quase calmo, logo, o navio erguia-se de maneira imperceptível com o ocasional e apático sobe e desce. Os únicos sons que chegavam até nossos ouvidos eram o suave e lento farfalhar das velas e seu ocasional tremular, além do rangido contínuo e monótono que os mastros e o equipamento faziam de acordo com o movimento suave do navio. E foi com essa solene e quase calmaria que o capitão oficializou a cerimônia fúnebre.

O primeiro a ser posicionado na escotilha foi o holandês (posso afirmar que se tratava dele pela figura atarracada), e quando, por fim, o Velho deu o sinal, o segundo imediato abriu a escotilha e o corpo deslizou para a escuridão.

– Pobre Dutchie[5] – escutei um dos homens dizer, e imagino que todos nós pensássemos do mesmo modo.

Em seguida, colocaram Jacobs na escotilha e, assim que ele caiu no mar, Jock. Quando Jock foi erguido, uma espécie de arrepio súbito percorreu a tripulação. Ele tinha sido querido por todos, de modo discreto e silencioso, e posso afirmar que, da minha parte, eu estava um pouco abalado. Fiquei de pé junto ao poste de amarração da popa, com Tammy ao meu lado e Plummer um pouco atrás. Quando o segundo imediato abriu a escotilha pela última vez, os homens disseram em uníssono, com suas vozes roucas:

– Adeus, Jock! Adeus, Jock!

E então, assim que ele caiu, correram para a lateral do navio, a fim de ver pela última vez o camarada ao mar. Mesmo o segundo imediato não foi capaz de resistir a esse sentimento universal e também observou Jock afundar. De onde eu estava, consegui ver o corpo chegar à água, e então, por um breve instante, vi o branco da lona misturar-se ao azul da água, e tornar-se cada vez menor, nas profundezas do mar. Subitamente, enquanto eu o encarava, ele desapareceu (talvez rápido demais, pensei, naquele momento).

– Lá se foi! – ouvi várias vozes dizerem, e então os homens do nosso turno começaram a andar devagar até a proa, enquanto um ou dois homens recolocavam a escotilha.

---

[5] De "Dutch", apelido do holandês. (N.T.)

Tammy apontou para algo e me cutucou.

– Veja, Jessop – disse ele. – O que é aquilo?

– O quê?

– Aquela sombra esquisita – respondeu ele. – Veja!

Era algo grande e sombrio, que parecia ficar cada vez mais nítido. Estava no lugar exato (pelo menos, foi o que eu pensei) em que Jock havia desaparecido.

– Veja só isso! – disse Tammy, novamente. – Está ficando maior!

Ele parecia bastante nervoso e o mesmo estava acontecendo comigo.

Olhei para baixo. A coisa parecia emergir das profundezas. Estava tomando forma. Quando percebi qual era a forma que ela assumia, um estranho e gélido pavor tomou conta de mim.

– Ei – disse Tammy –, parece a sombra de um navio!

E era mesmo. A sombra de um navio emergindo da inexplorada imensidão que havia sob a nossa quilha. Plummer, que ainda não tinha ido para a proa, escutou essa última observação de Tammy e olhou de relance para o mar.

– Do que ele está falando? – ele perguntou.

– Daquilo! – respondeu Tammy, apontando para a sombra.

Dei-lhe uma cotovelada nas costelas, mas era tarde demais. Plummer já tinha visto a coisa. Curiosamente, porém, não pareceu atribuir qualquer importância a ela.

– Isso não é nada, é apenas a sombra do navio – disse ele e foi juntar-se aos outros na proa.

– Temos de ser extremamente cuidadosos! – falei a Tammy. – Lembre-se do que o Velho disse na vigília passada!

– Sim – ele respondeu. – Falei sem pensar, vou tomar mais cuidado da próxima vez.

Um pouco distante de mim, o segundo imediato ainda fitava a água. Eu me virei para falar com ele.

– O que acha que isso deve ser, senhor? – perguntei.

– Só Deus sabe! – ele exclamou, olhando rapidamente ao redor para ver se havia algum homem por perto.

Ele desceu pela amurada e virou-se para subir na popa. No topo da escada, inclinou-se para falar conosco:

— Podem guardar essa prancha — ele disse. — E lembre-se, Jessop, fique de boca fechada a respeito disso.

— Sim, senhor — respondi.

— Você também, garoto! — ele acrescentou, atravessando a popa.

Tammy e eu estávamos ocupados com a prancha quando o segundo voltou. Ele estava acompanhado do capitão.

— Bem debaixo da prancha, senhor — escutei o segundo dizer, apontando para baixo.

O Velho ficou olhando para o mar durante algum tempo. Então, escutei-o falar.

— Não estou vendo nada — disse ele.

Com isso, o segundo imediato curvou-se e olhou para baixo. Eu fiz o mesmo, mas a coisa, seja lá o que fosse, havia desaparecido por completo.

— Ela desapareceu, senhor — disse o segundo. — Estava bem aí quando saí para buscá-lo.

Cerca de um minuto depois, após terminar de guardar a prancha, estava indo para a proa quando ouvi a voz do segundo me chamando.

— Conte para o capitão o que você acabou de ver — disse ele, em voz baixa.

— Não posso afirmar com exatidão, senhor — respondi. — Mas me pareceu a sombra de um navio, emergindo em direção à superfície.

— Aí está, senhor — comentou o segundo imediato para o Velho. — Exatamente o que eu lhe disse.

O capitão me encarou.

— Está certo disso? — ele perguntou.

— Sim, senhor — respondi. — Tammy também viu.

Esperei um minuto. Então eles se viraram para ir à popa. O segundo disse algo ao capitão.

— Posso ir, senhor? — perguntei.

— Sim, é só isso, Jessop — ele disse, por cima do ombro.

O Velho virou-se e veio até mim.

— Lembre-se, nem uma palavra no castelo de proa!

— Sim, senhor — respondi, e ele voltou para a companhia do segundo imediato, enquanto eu caminhava até o castelo de proa para comer alguma coisa.

– Sua parte do grude está no caldeirão, Jessop – disse Tom, quando saltei sobre a tina. – E trouxe o seu suco de limão, está na caneca.

– Obrigado – agradeci e sentei-me.

Enquanto comia, não prestei atenção à conversa dos outros. Estava imerso em meus próprios pensamentos. A sombra do navio emergindo das profundezas havia me impressionado tremendamente, como você pode imaginar. Aquilo não fora obra da minha imaginação. Três de nós a viu, na verdade, quatro, pois Plummer também a distinguiu claramente, embora não tenha visto nada de extraordinário nela.

Como você pode perceber, pensei muito naquela sombra de navio. Mas estou certo de que, por um tempo, meus pensamentos devem ter caído em um círculo vicioso e irracional. E então outra ideia me ocorreu, pois passei a pensar nas figuras que tinha visto no alto, no início da manhã, e comecei a imaginar coisas novas. Veja bem, a primeira coisa que eu vi *saiu do mar* e subiu pela amurada. Mas depois voltou para o oceano. E agora havia essa coisa, essa sombra de navio, ou "navio fantasma", como eu a chamei. Era um nome danado de bom. E aqueles homens sombrios e silenciosos... eu pensei bastante a respeito de tudo isso. Inconscientemente, eu me perguntei, em voz alta:

– Será que eles são a tripulação?

– Hein? – perguntou Jaskett, que estava sentado no baú ao lado.

Consegui me controlar, de certo modo, e olhei para ele com um ar aparentemente despreocupado.

– Eu falei alguma coisa? – perguntei.

– Sim, camarada – respondeu ele, fitando-me com curiosidade. – Você disse algo sobre uma tripulação.

– Devo ter sonhado – disse eu, e me levantei para guardar meu prato.

Os navios fantasmas

Às quatro horas, quando voltamos novamente ao convés, o segundo imediato mandou que eu continuasse fazendo o tapete de corda no qual eu vinha trabalhando, e disse para Tammy buscar uma corda trançada. Estendi o tapete próximo ao mastro principal, entre este último e a parte de trás do alojamento, e, em poucos minutos, Tammy trouxe sua corda e fios de algodão para o mastro, e pendurou-os em uma cavilha.

– O que acha que era aquilo, Jessop? – ele perguntou subitamente, após um breve silêncio.

Eu olhei pra ele.

– O que você acha? – respondi com outra pergunta.

– Não sei o que pensar, mas tenho a sensação de que ele está relacionado a todo o resto – e ele indicou o topo do mastro com a cabeça.

– Penso a mesma coisa.

– Que há uma relação entre eles? – ele perguntou.

– Sim – respondi e contei-lhe a ideia que me havia ocorrido no jantar, de que os estranhos homens-sombras que subiram a bordo pudessem ter vindo daquela embarcação indistinta que tínhamos visto no mar.

– Bom Deus! – ele exclamou, quando entendeu o que eu queria dizer. Então levantou-se e, por alguns instantes, ficou pensando. – É onde eles vivem, você quer dizer? – ele perguntou, por fim, e calou-se novamente.

– Talvez não seja o tipo de existência que *poderíamos* chamar de "vida".

– Não – disse, depois de alguns segundos, e ficou em silêncio novamente. Pouco depois, ele expôs uma ideia que lhe havia ocorrido.

– Você *acha*, então, que aquele... navio... está conosco há algum tempo, mas que só agora conseguimos vê-lo? – perguntou ele.

– Sim, esteve conosco o tempo todo – respondi. – Quero dizer, desde que tudo isso começou.

– E se houver outros? – perguntou, de repente.

Olhei pra ele.

– Se houver outros, peça a Deus para que não cruzem conosco. Fantasmas ou não, tenho a impressão de que são piratas sedentos por sangue.

– Parece horrível falar tão calmamente sobre... você sabe, essas coisas – ele falou solenemente.

– Tentei parar de pensar nisso, mas senti que ficaria maluco se não o fizesse. Diabos, eu sei que acontecem coisas estranhas no mar, mas isso já é demais – eu disse.

– Parece tão estranho e irreal, em um momento – ele comentou – e, no outro, você *sabe* que aquilo é verdade e não consegue entender por que não havia percebido antes. E mesmo assim, se contar para as pessoas quando chegar em terra firme, ninguém vai acreditar.

– Eles acreditariam, se estivessem neste paquete no turno da madrugada. Na verdade, acho que não entenderiam. E nós tampouco... Bem, eu sempre ficarei com a pulga atrás da orelha a partir de agora, quando souber que algum navio desapareceu.

Tammy olhou para mim.

– Já ouvi velhos marujos contarem histórias – disse ele –, mas nunca as levei muito a sério.

– Acho que teremos de levá-las a sério. Ah, Deus, como eu gostaria de estar em casa!

– Céus, eu também!

Após esse diálogo, trabalhamos em silêncio durante um bom tempo, mas, por fim, ele acabou puxando conversa de novo.

– Você acha que realmente teremos de amainá-las todas as noites antes do anoitecer? – ele perguntou.

– Certamente – respondi. – Eles nunca mais farão os homens subirem à noite, depois do que aconteceu.

– Mas, mas... supondo que eles nos *mandassem* subir... – ele começou.

– Você iria? – eu o interrompi.

– Não! – respondeu ele, enfaticamente – Prefiro ir para a prisão!

– Pronto, então – respondi. – Nem você, nem qualquer outra pessoa o faria.

Nesse momento, o segundo imediato apareceu.

– Guardem esse tapete e essas cordas – disse ele. – Então peguem as vassouras e comecem a limpar o convés.

– Sim, sim, senhor – dissemos, e ele seguiu para a proa.

– Dê um pulo na camarata, Tammy – eu disse. – E solte a outra ponta da corda, sim?

– Certo – ele disse, fazendo o que eu pedi.

Quando voltou, pedi também que me desse uma mão para enrolar o tapete, que era muito grande.

– Deixe que eu termino de fazer isso – eu disse. – Vá guardar sua corda.

– Espere um minuto – respondeu ele, recolhendo um monte de fiapos de corda do lugar do convés onde eu estivera trabalhando. Então correu para a amurada.

– Ei! Não os jogue ao mar. Eles vão flutuar e certamente o segundo imediato ou o capitão os verão.

– Venha aqui, Jessop! – ele me interrompeu, em voz baixa, sem dar a menor atenção ao que eu dizia.

Levantei-me da escotilha, onde estava ajoelhado. Tammy estava debruçado na lateral do navio, olhando para algo.

– O que foi?

– Pelo amor de Deus, venha logo! – ele pediu.

Eu corri e pulei na verga ao lado dele.

– Veja! – falou, indicando, com a mão cheia de fiapos, um ponto diretamente abaixo de nós.

Alguns fiapos caíram de sua mão e encobriram momentaneamente a água, de modo que não consegui ver o que ele mostrava. Então, quando as ondulações desapareceram, percebi a que Tammy se referia.

– Há dois deles! – ele sussurrou. – E outro ali. – Apontou novamente, com a mão cheia de fiapos.

– E há outro mais atrás – murmurei.

– Onde? Onde? – ele perguntou.

– Lá – respondi, apontando.

– Agora são quatro – sussurrou novamente. – Quatro deles!

Eu não disse nada, apenas continuei olhando as formas. Elas pareceram estar a uma boa profundidade no mar e completamente imóveis. No entanto, embora seus contornos fossem um tanto confusos e indistintos, não havia dúvida de que as figuras pareciam muito com navios, embora fossem representações bastante obscuras. Ficamos assistindo aquilo durante alguns minutos, sem falar. Por fim, Tammy quebrou o silêncio:

– Com certeza, elas são reais – disse, em voz baixa.

– Não sei – respondi.

– Quero dizer, não estávamos enganados esta manhã – disse ele.

– Não – respondi. – Nunca pensei que estivéssemos.

Lá na proa, vi o segundo imediato voltando para a popa. Ele se aproximou e nos viu.

– E agora, o que pensam que estão fazendo? – ele nos repreendeu rispidamente. – Isso não é varrer!

Estendi a mão, alertando-o a não gritar e chamar a atenção dos outros homens.

O segundo deu vários passos na minha direção.

– O que é? O que é? – perguntou, com certa irritação, mas em um tom mais baixo.

– É melhor o senhor espiar sobre a amurada – respondi.

Ele deve ter intuído, pelo meu tom, que havíamos descoberto algo novo, pois, com as minhas palavras, saltou na verga e ficou ao meu lado.

– Veja, senhor – disse Tammy. – Há quatro deles.

O segundo imediato olhou para baixo, viu algo e curvou-se bruscamente para a frente.

– Meu Deus! – eu o ouvi murmurar, baixinho.

Depois disso, por cerca de meio minuto, ele encarou o mar, sem dizer uma palavra.

– Há mais dois ali, senhor – eu disse a ele, indicando o lugar com meu dedo.

Demorou um pouco até que ele conseguisse localizá-los e quando o fez, apenas lançou a eles um breve olhar. Então desceu da verga e falou conosco.

– Desçam daí – ele disse rapidamente. – Peguem suas vassouras e comecem a varrer. Não digam uma palavra a ninguém... talvez não seja nada!

Ele pareceu adicionar essa última parte como uma reflexão tardia, mas todos nós sabíamos que isso não significava nada. Então ele deu as costas para nós e dirigiu-se rapidamente à popa.

– Acho que foi contar ao Velho – observou Tammy, enquanto caminhávamos até a proa, carregando a esteira e as cordas.

– Hum – eu disse, sem reparar no que ele estava dizendo, pois eu só conseguia pensar naquelas quatro embarcações fantasmagóricas esperando calmamente lá embaixo.

Pegamos nossas vassouras e voltamos para a popa. No caminho, o segundo imediato e o capitão passaram por nós. Eles foram para a proa pelo braço dianteiro e subiram na verga. Vi o segundo apontar para o braço. Ele parecia falar sobre o equipamento. Achei que houvessem feito isso de propósito, como um subterfúgio, caso algum homem estivesse olhando. Então o Velho olhou para baixo de maneira casual, e o segundo imediato fez o mesmo. Um ou dois minutos depois, eles voltaram para a popa. Tive um vislumbre do rosto do capitão quando ele passou por mim, ao retornar. Ele parecia preocupado ou, melhor dizendo, desnorteado.

Eu e Tammy estávamos extremamente ansiosos para dar outra olhada, mas quando finalmente tivemos a chance, o céu refletia-se de tal forma na água que não conseguimos enxergar nada lá embaixo.

Tínhamos acabado de varrer quando soaram os quatro sinos, então descemos para o chá. Alguns homens estavam papeando enquanto comiam.

– Ouvi dizer que vamos sempre amainar as velas antes do anoitecer – observou Quoin.

– Hein? – perguntou Jaskett, por cima da sua caneca de chá.

Quoin repetiu o comentário.

– Quem disse isso? – indagou Plummer.

– Soube pelo doutor – respondeu Quoin –, que por sua vez, soube pelo intendente.

– Mas como ele saberia? – questionou Plummer.

– Não sei – disse Quoin. – Acho que escutou os oficiais conversando.

Plummer virou-se para mim.

– Está sabendo disso, Jessop?

– Do quê? Amainar as velas? – respondi.

– Sim. O Velho não falou com você na popa hoje cedo?

– Falou – respondi. – Ouvi-o conversar com o segundo imediato sobre amainar as velas, mas ele não disse nada para mim.

– Pois então! – disse Quoin. – Não falei?

Naquele instante, um dos sujeitos da outra vigília enfiou a cabeça na porta a estibordo.

– Todos devem subir para amainar as velas! – chamou, e na mesma hora ouvimos o apito do imediato vindo diretamente do convés.

Plummer se levantou e pegou o boné.

– Bem – disse ele. – É evidente que não querem perder mais nenhum de nós!

Então saímos para o convés.

O mar estava em calmaria, mas mesmo assim enrolamos as três velas do sobrejoanete e do mastaréu. Depois disso, içamos a vela do mastro principal e a vela de estai do traquete e as recolhemos. A verga seca, evidentemente, já tinha sido enrolada há algum tempo, pois o vento soprava diretamente à popa.

Estávamos no alto da vela de estai quando o sol encontrou a linha do horizonte. Tínhamos acabado de guardar a vela, no alto da verga, e eu esperava os outros descerem para sair do cordame. De maneira que, sem nada a fazer por quase um minuto, fiquei contemplando o pôr do sol, e então vi algo que provavelmente teria deixado passar, se não estivesse ali naquele momento. O sol havia mergulhado quase pela metade no horizonte e parecia um grande domo vermelho de fogo. Subitamente, bem longe, na proa a estibordo, uma tênue bruma subiu do mar. Ela se espalhou pela face do sol, de modo que a luz do astro passou a brilhar como se estivesse encoberta por uma vaga névoa de fumaça. Rapidamente, essa bruma, ou névoa, ficou mais espessa, mas, ao mesmo tempo, separou-se e assumiu formas estranhas, enquanto o vermelho do sol permanecia rudemente entre elas. Então, enquanto eu a observava, a névoa insólita reagrupou-se, começou a criar forma e elevou-se em três torres. Estas tornaram-se mais definidas, com algo comprido embaixo delas. Continuaram a ganhar corpo e mudar de formato e, de repente, vi que a coisa havia assumido a forma de um grande navio. Logo depois, vi que estava se movendo. Estava lado a lado com o sol. Depois começou a navegar. A proa virou-se com um movimento majestoso, até os três mastros formarem uma linha. Ele estava vindo em nossa direção. Ficou maior, mas ainda mais indistinto. Atrás dele, vi que o sol havia afundado de vez, deixando apenas uma mera linha de luz. Então, no crepúsculo que se aproximava, pareceu-me que o navio submergiu novamente no oceano. O sol afundou no mar, e a coisa que eu tinha visto fundiu-se, por assim dizer, no cinza monótono da noite vindoura.

Uma voz chegou até mim do cordame. Era do segundo imediato. Ele tinha subido para nos dar uma mão.

– Vamos, Jessop. Desça! Desça!

Virei-me rapidamente e percebi que quase todos os camaradas já tinham descido da verga.

– Sim, sim, senhor – murmurei, pisando no cordame e descendo para o convés. Eu estava perplexo e apavorado.

Pouco depois, soaram oito sinos e, após a chamada, fui até a popa render o sujeito que estava ao leme. Por algum tempo, enquanto eu pilotava, minha mente parecia estupefata e incapaz de receber impressões. Essa sensação passou depois e eu percebi que havia uma grande calmaria sobre o mar. Não havia, em absoluto, qualquer vento, e até mesmo o eterno rangido da engrenagem parecia menos barulhento.

Não havia nada para fazer no leme. Eu poderia muito bem estar no castelo de proa, fumando o meu cachimbo. Lá embaixo, no convés principal, pude ver o brilho indistinto das lanternas amarradas nas barras da proa e no cordame principal. Contudo, elas brilhavam menos do que deveriam, já que tinham sido colocadas à sombra da popa, de maneira a não ofuscar (mais do que o necessário) a vista do oficial da guarda.

A noite estava estranhamente escura, mas apesar do breu, da quietude e das lanternas, eu tinha ocasionais lampejos de lucidez. Pois no momento em que minha mente voltou a funcionar, comecei a pensar principalmente naquele vasto e estranho fantasma de névoa que eu tinha visto surgir do mar e tomar forma.

Continuei olhando para a noite, em direção ao oeste, e depois ao meu redor, pois, naturalmente, a primeira lembrança que me ocorreu foi que aquela coisa aparecia ao anoitecer, algo bastante inquietante para se pensar. Tive a horrível sensação de que algo bestial aconteceria a qualquer minuto.

No entanto, dois sinos soaram e tudo continuou muito quieto, estranhamente quieto, na minha opinião. E, é claro, além do estranho e nebuloso navio que eu tinha visto no poente, eu lembrava o tempo todo das quatro tenebrosas embarcações submersas no mar, no nosso lado a bombordo. Cada vez que me lembrava delas, eu me sentia grato pelas lanternas amarradas ao redor do convés principal e me perguntava por que nenhuma havia sido colocada no cordame da mezena. Desejei ardentemente que houvessem feito isso e decidi que falaria com o segundo imediato a respeito, na próxima vez em que ele viesse para a popa. No momento, ele estava debruçado sobre a amurada, no tombadilho. Não estava fumando, pelo que eu podia ver, pois se estivesse, eu teria visto o brilho do seu cachimbo naquele instante e depois. Para mim era claro que ele estava apreensivo. Por três vezes, ele desceu ao convés principal e vagou para lá e para cá. Imaginei que ele tivesse ido inspecionar o fundo do mar, em busca de quaisquer sinais das quatro embarcações sinistras. Perguntei-me se elas seriam visíveis à noite.

De repente, o cronometrista tocou três sinos, e, lá na frente, notas mais profundas responderam. Eu tomei um susto. Tive a impressão de que os sinos haviam soado atrás de mim. Naquela noite, havia algo inexplicavelmente estranho no ar. E então, quando o segundo imediato respondeu "Está tudo certo" ao vigia, veio o chiado agudo e estrondoso dos eixos a bombordo do mastro principal. Simultaneamente, ouvi o som agudo de uma troça no cordame do mastro principal, e soube que alguém, ou algo, havia soltado as adriças da vela da gávea. Do alto veio o som de algo se partindo, e pouco depois, o estalido da verga.

O segundo imediato gritou algo ininteligível e saltou para a escada. Do convés principal chegou até mim o som de pés correndo e as vozes exaltadas dos homens da vigília. Então escutei a voz do capitão, ele deve ter corrido para o convés pela porta da sala de jantar.

– Peguem mais lanternas! Peguem mais lanternas! – ele gritou. Depois praguejou.

Ele disse algo mais. Consegui entender apenas as duas últimas palavras. Creio que eram: "... foi levada".

– Não, senhor – respondeu o segundo imediato. – Acho que não.

Seguiu-se um minuto de confusão, e então veio o estalido das linguetas. Eu diria que eles haviam levado as adriças para o cabrestante da popa. Palavras entrecortadas chegaram até mim.

"... toda essa água?", escutei o Velho dizer. Ele parecia fazer uma pergunta.

– Não sei dizer, senhor – respondeu a voz do segundo imediato.

Houve um intervalo, preenchido apenas pelo estalido das linguetas e os sons agudos da troça e dos eixos. Em seguida, veio novamente a voz do segundo imediato.

– Parece que está tudo bem, senhor – ouvi-o dizer.

Não consegui escutar a resposta do Velho, pois no mesmo instante, senti uma lufada de ar frio às minhas costas. Virei-me bruscamente e vi algo espiando sobre o balaústre da popa. Tinha olhos que, estranhamente, refletiam a luz da bitácula com um brilho assustador e tigrino, mas, além disso, eu não conseguia ver nada com alguma clareza. Naquele momento, eu apenas encarei aquela coisa. Fiquei paralisado. Estava tão perto. Então consegui recuperar os movimentos, saltei até a bitácula e agarrei a lanterna. Eu me virei e apontei a luz para ela. A coisa, seja lá o que fosse, havia avançado ainda mais sobre a amurada, mas então, diante da luz, recuou com uma flexibilidade insólita e horrível. Ela recuou, deslizando para baixo, e saiu do meu campo de visão. Tenho apenas uma vaga noção de algo úmido e brilhante com dois olhos malignos. Então saí correndo, desvairado, até o tombadilho. Desci a escada loucamente, tropecei e caí na parte inferior da popa. Na minha mão esquerda, eu trazia a lanterna da bitácula, ainda acesa. Os homens estavam retirando as barras do cabrestante, mas com a minha súbita aparição e o grito que eu havia dado ao cair, um ou dois deles saíram correndo para a popa, de puro medo, sem parar para ver quem era.

De algum lugar mais da proa, o Velho e o segundo imediato vieram correndo para a popa.

– O que diabos está acontecendo agora? – exclamou o segundo, parando e curvando-se para me fitar. – O que está fazendo longe do leme?

Eu me levantei e tentei responder, mas estava tão abalado que só pude balbuciar.

– Eu... eu... ali... – gaguejei.

– Maldição! – gritou o segundo imediato, com raiva. – Volte para o leme!

Hesitei e tentei explicar.

– Com mil demônios, está me ouvindo? – ele berrou.

– Sim, senhor, mas... – comecei.

– Vá para a popa, Jessop! – ele disse.

Obedeci. Eu queria explicar, mas não conseguia. Parei no topo da escada. Não voltaria sozinho para aquele leme de jeito nenhum.

Lá embaixo, escutei o Velho falando.

– Que raios é isso agora, senhor Tulipson? – ele perguntou.

O segundo imediato não respondeu imediatamente, mas virou-se para os homens que, evidentemente, ficaram ali por perto, aglomerados.

– Já basta, marujos! – disse ele, um tanto ríspido.

Escutei os passos dos homens da vigília dirigindo-se à proa. Eles murmuravam algo em voz baixa. Então o segundo imediato respondeu ao Velho. Ele não sabia que eu estava perto o bastante para ouvi-lo.

– É Jessop, senhor. Ele deve ter visto algo, mas não devemos assustar a tripulação mais do que o suficiente.

– Tem razão – concordou o capitão.

Eles se viraram e subiram a escada, e eu recuei alguns passos até a claraboia. Ouvi o Velho falar enquanto eles subiam.

– Por que não há luz aqui, senhor Tulipson? – ele perguntou, em tom surpreso.

– Achei que não seria necessário aqui em cima, senhor – respondeu o segundo imediato. Em seguida, acrescentou algo sobre economizar combustível.

– É melhor colocar algumas, creio eu – ouvi o capitão dizer.

– Muito bem, senhor – respondeu o segundo, mandando, em seguida, o cronometrista acender algumas lanternas.

Então os dois caminharam à popa, até onde eu estava, perto da claraboia.

– Por que não está ao leme? – perguntou o Velho, com um tom de voz severo.

Eu já tinha recuperado um pouco do juízo a essa altura.

– Não vou, senhor, se não houver luz lá – respondi.

O capitão bateu o pé, furioso, mas o segundo imediato deu um passo à frente.

– Vamos, vamos, Jessop! – ele exclamou. – Sabe muito bem que não é assim que as coisas funcionam! É melhor voltar para o leme sem causar problemas.

– Espere um minuto – disse o capitão, nesse instante. – Que objeção você tem para voltar ao leme? – perguntou ele.

– É que eu vi algo – respondi. – Estava escalando o balaústre da popa, senhor...

– Ah! – ele disse, me interrompendo com um gesto rápido. Então acrescentou subitamente: – Sente-se! Sente-se, você está tremendo, homem.

Deixei-me cair na cadeira da claraboia. Como ele disse, eu não conseguia parar de tremer, e a lanterna da bitácula balançava tanto em minha mão que a luz dançava aqui e ali pelo convés.

– Agora, apenas diga-nos o que você viu – ele pediu.

Narrei tudo em detalhes e, enquanto fazia isso, o cronometrista trouxe as lanternas e amarrou uma em cada barra do cordame.

– Coloque uma no botaló da mezena – mandou o Velho, enquanto o menino terminava de amarrar as outras duas. – E depressa.

– Sim, sim, senhor – disse o aprendiz, apressando-se em obedecer.

– Muito bem, então – retomou o capitão, quando o menino saiu – Não precisa ter medo de voltar ao leme. Há uma lanterna sobre a popa. Além disso, eu ou o segundo imediato estaremos aqui o tempo todo.

– Obrigado, senhor – eu disse, levantando-me e imediatamente me dirigi para a popa.

Substituí minha lanterna na bitácula e assumi o leme; mesmo assim, de tempos em tempos, eu olhava para trás. Fiquei muito grato quando, minutos depois, soaram os quatro sinos e vieram me render.

Embora os outros camaradas estivessem no castelo de proa, não fui para lá. Não queria ser questionado sobre a minha repentina aparição ao pé da escada da popa, e então acendi meu cachimbo e vaguei pelo convés principal. Não me sentia particularmente nervoso, já que agora havia duas lanternas em cada cordame e uma em cada mastro sobressalente, sob as amuradas.

No entanto, logo depois dos cinco sinos, tive a impressão de ver um rosto sombrio espreitar sobre a amurada, um pouco atrás dos rizes dianteiros. Peguei uma das lanternas dos mastros e apontei a luz naquela direção, mas não vi nada. Porém, mais do que uma recordação visual, estava gravada em minha mente a inquietante consciência daqueles olhos úmidos e penetrantes. Mais tarde, quando voltei a pensar neles, eu me senti ainda mais incomodado. Eu sabia, então, o quão brutais eles eram... inescrutáveis, sabe? Mais uma vez, naquele mesmo turno, eu tinha tido uma experiência similar, e a única diferença era que, nesse último caso, o rosto havia desaparecido antes que eu tivesse tempo de alcançar uma lanterna. Depois soaram os oito sinos e fomos rendidos pelos camaradas.

O grande navio fantasma

Quando fomos chamados novamente, às quinze para as quatro, o homem que nos acordou tinha algumas informações inquietantes.

– Toppin sumiu… desapareceu por completo! – ele disse, quando começamos a nos preparar para sair. – Nunca estive em um barco tão estranho e assustador como esse. Não é seguro andar pelos malditos conveses.

– Quem sumiu? – perguntou Plummer, sentando-se de repente e jogando as pernas por cima do beliche.

– Toppin, um dos aprendizes – respondeu o homem. – Procuramos o garoto por toda parte durante o maldito turno. Ainda estamos procurando, mas jamais iremos encontrá-lo – concluiu ele, com um ar de triste convicção.

– Ah, não sei, não – disse Quoin. – Talvez ele esteja cochilando em algum lugar.

– Nada disso – respondeu o homem. – Pois eu lhe digo que viramos tudo de cabeça para baixo. Ele não está a bordo do maldito navio.

– Onde ele estava quando o viram pela última vez? – perguntei. – Alguém deve ter alguma informação, não?

– Estava marcando o tempo na popa – respondeu ele. – O Velho crivou de perguntas o imediato e o camarada ao leme. Mas eles disseram que não sabem de nada.

– O que quer dizer? – perguntei. – Como assim, não sabem de nada?

– Bem – ele respondeu. – O garoto estava lá em um instante e no outro, sumiu. Ambos juraram de pé junto que não ouviram sequer um sussurro. Ele simplesmente desapareceu da face da maldita Terra.

Inclinei-me no baú em que estava sentado e peguei minhas botas.

Antes que eu pudesse falar novamente, o homem acrescentou:

– Ouçam, camaradas – ele continuou. – Se as coisas continuarem desse jeito, sabe Deus onde estaremos em breve!

– Estaremos no inferno – disse Plummer.

– Não sei se gosto de pensar nisso – disse Quoin.

– Temos que pensar nisso! – exclamou o homem. – Diabos, temos que pensar um bocado nisso. Falei com os camaradas da minha vigília e eles estão dispostos.

– Dispostos a quê? – eu perguntei.

– A falar diretamente com o maldito capitão – disse ele, sacudindo o dedo para mim. – Diabos, o melhor a fazer é ancorar logo no primeiro porto que aparecer.

Abri a boca para dizer que provavelmente não seríamos capazes de fazer isso, mesmo se ele conseguisse convencer o Velho a ver a questão do seu ponto de vista. Então me lembrei que o sujeito não fazia ideia das coisas que eu tinha visto e *pensado*, então, em vez disso, eu falei:

– E se ele não quiser?

– Então teremos de obrigá-lo – respondeu ele.

– E quando o navio ancorasse – eu disse –, o que acha que aconteceria? Sem dúvida, você seria preso por motim.

– Prefiro ser preso do que morrer! – disse ele.

Houve um murmúrio de concordância dos outros e, em seguida, um momento de silêncio, no qual percebi que os homens refletiam.

A voz de Jaskett quebrou o silêncio.

– A princípio, eu não achei que ele fosse assombrado... – ele começou, mas Plummer interrompeu seu discurso.

– Não devemos machucar ninguém, é claro – disse ele. – Isso significaria ser enforcado e eles não têm sido maus conosco.

– É verdade – todos concordaram, incluindo o sujeito que viera nos chamar.

– De todo modo – acrescentou ele –, temos de ser infernalmente rápidos e enfiar o navio no primeiro porto que aparecer.

– Sim – disseram todos. Então soaram os oito sinos e saímos para o convés.

Pouco depois, após a chamada (na qual houve uma breve e incômoda pausa após o nome de Toppin), Tammy veio me procurar. O resto dos homens tinha ido à proa e eu imaginei que estivessem tramando planos absurdos para forçar o capitão a ancorar o navio no porto... pobres infelizes!

Eu estava debruçado na amurada a bombordo, perto do braço dianteiro da eclusa, olhando para o mar, quando Tammy apareceu. Por cerca de um minuto, ele não disse nada. Quando finalmente falou, foi para dizer que as sombras das embarcações não estavam mais no local em que as avistamos à luz do dia.

– O quê? – perguntei, com alguma surpresa. – Como você sabe?

– Acordei quando eles estavam procurando por Toppin – respondeu ele. – E não consegui dormir desde então. Eu vim para cá imediatamente...

Ele ia dizer mais alguma coisa, mas calou-se de repente.

– Sim? – eu disse encorajadoramente.

– Eu não sabia... – ele começou a falar, mas emudeceu. Segurou meu braço. – Ah, Jessop! – ele exclamou. – O que vai acontecer com a gente? Será que podemos fazer alguma coisa?

Eu não disse nada, pois tinha a desesperadora sensação de que havia muito pouco a fazer para nos ajudar.

– Não podemos fazer algo? – ele perguntou e sacudiu meu braço. – Qualquer coisa é melhor do que isso! Estamos sendo *assassinados*!

Mesmo assim, eu não disse nada, apenas olhei com tristeza para a água. Eu era incapaz de planejar qualquer coisa, embora ainda me ocorresse, de tempos em tempos, algumas ideias febris e ensandecidas.

– Está me ouvindo? – Tammy perguntou. Ele estava quase chorando.

– Sim, Tammy – eu respondi. – Mas eu não sei! Eu não sei!

– Você não sabe! – ele exclamou. – Você não sabe! Quer dizer que devemos simplesmente aceitar que seremos assassinados um após o outro?

– Fizemos tudo o que podíamos – respondi. – Não sei o que mais podemos fazer, a não ser nos trancar lá embaixo todas as noites.

– Já seria melhor do que nada – disse ele. – Logo não haverá ninguém para descer ou fazer qualquer outra coisa!

– Mas e se houver uma tempestade? – eu perguntei. – Podemos perder as velas.

– Mesmo se caísse uma tempestade agora mesmo – ele retrucou –, ninguém iria subir, se estivesse escuro. Você mesmo disse! Além disso, poderíamos encurtar as velas primeiro, *imediatamente*. Pois eu lhe digo, em alguns dias não haverá ninguém vivo a bordo deste paquete, a menos que façam alguma coisa!

– Não grite – eu alertei. – O Velho vai ouvi-lo.

Mas o garoto estava nervoso e não ligava para isso.

– Pois eu vou gritar – respondeu ele. – Quero mais é que o Velho ouça. Estou até disposto a ir à cabine dele.

Ele teve uma nova ideia.

– Por que os homens não fazem nada? – ele começou. – Eles deveriam obrigar o Velho a ancorar em algum porto! Eles deveriam...

– Pelo amor de Deus, cale a boca, seu idiota! – eu disse. – O que você ganha vomitando esse monte de asneiras? Vai se meter em problemas.

– Eu não me importo – respondeu ele. – Não quero ser assassinado!

– Ouça – eu disse –, eu já falei que não conseguiríamos ver terra firme mesmo se quiséssemos.

– Você não tem provas – respondeu ele. – É apenas uma teoria sua.

– Bem – respondi –, com ou sem provas, o capitão só iria encalhar o navio se tentasse alcançar a terra, do jeito que as coisas estão.

– Ora, que encalhe – respondeu ele. – Deixe-o encalhar o maldito navio! É melhor do que ficar aqui para ser atirado ao mar ou lançado do alto!

– Ouça, Tammy... – eu comecei, mas então o segundo imediato o chamou e ele teve que ir. Quando voltou, eu estava atrás do mastro principal, perambulando para lá e para cá. Ele juntou-se a mim e, após um instante, começou de novo a falar loucuras.

– Ouça, Tammy – eu disse, mais uma vez. – Não adianta ficar ruminando. As coisas são o que são. Não é culpa de ninguém e não se pode evitá-las. Se quiser falar sensatamente, vou ouvi-lo, se não, então vá falar no ouvido de outro.

Com isso, voltei para o lado a bombordo e subi na verga novamente, com a intenção de sentar e conversar mais um pouco com ele. Antes de me sentar, fitei o mar. Agi quase mecanicamente, contudo, após alguns instantes, caí em um estado de intenso nervosismo e, sem desviar o olhar, estendi a mão e toquei o braço de Tammy para chamar sua atenção.

– Meu Deus! – eu murmurei. – Veja!

– O que é? – ele perguntou, debruçando-se sobre a amurada, ao meu lado. E o que vimos foi isso: a uma pequena distância, sob a superfície, havia um disco de cor clara e ligeiramente arredondado. Parecia estar a poucos metros de nós. Embaixo dele, vimos com bastante clareza a sombra da verga de um mastaréu e, em águas mais profundas, o equipamento e o cordame que era de um grande mastro. Bem lá embaixo, entre as sombras, pensei ter visto, naquele momento, a imensa e indefinível extensão de vastos conveses.

– Meu Deus... – sussurrou Tammy, calando-se em seguida.

Mas logo depois ele soltou uma breve exclamação, como se uma ideia lhe houvesse ocorrido, desceu da verga e correu em direção ao castelo de proa. Ele voltou após uma rápida olhada para o mar, dizendo que ali havia outro grande mastro apontando, um pouco distante da proa, a poucos metros da superfície do mar.

Nesse meio-tempo, fiquei olhando como um lunático para a água, contemplando o enorme e obscuro mastro logo abaixo de mim. Consegui identificar pouco a pouco o vergueiro, até distingui-lo claramente ao longo do mastro do joanete. Percebi, também, que a vela do joanete estava *desfraldada*.

Mas o que me afetou mais do que qualquer outra coisa foi a impressão de que algo se movimentava na água, entre o cordame. Realmente *pensei* ver, por vezes, formas que brilhavam fracamente, movendo-se com rapidez para lá e para cá no equipamento. Em uma das vezes, quase tive certeza de ver uma coisa na verga do sobrejoanete movendo-se para o mastro, como se estivesse escalando a testa da vela. Dessa forma, tive a desagradável sensação de que criaturas fervilhavam lá embaixo.

Inconscientemente, devo ter me inclinado cada vez mais para baixo, no afã de enxergar, pois de repente, perdi o equilíbrio. Bom Deus, como eu gritei! Busquei em todos os lados algo em que me agarrar e encontrei o braço dianteiro, e assim, em pouco tempo, estava de volta à verga. Quase no mesmo instante, pareceu-me que algo havia assomado na superfície da água, sobre a embarcação submersa e, por um instante (*agora* estou certo disso), tive a impressão de ver na lateral do navio uma espécie de sombra pairando no ar, embora no momento eu não tenha me dado conta do que aquilo significava. De todo modo, logo depois, Tammy deu um grito horrível e, um segundo depois, passou voando pela amurada, de cabeça. *Na hora*, achei que ele houvesse se atirado ao mar. Eu o agarrei pelo cós da calça e por um joelho, depois coloquei-o no convés e o imobilizei, sentando na barriga dele, pois ele lutava e gritava o tempo todo. Eu estava tão ofegante, confuso e desorientado que achei que não poderia confiar em minhas mãos para segurá-lo. Não me ocorreu *naquele momento* que houvesse uma influência operando sobre Tammy, tentando soltá-lo para que ele pudesse pular pela amurada, sabe?

Mas *agora* eu sei que vi o homem-sombra que o possuiu. O problema é que, na ocasião, eu estava tão confuso e fixado em uma única ideia que realmente não fui capaz de atentar a essa possibilidade. Mas depois, passei a compreender melhor o que eu tinha visto na ocasião, sem me dar conta.

Mas mesmo agora, olhando para trás, eu sei que a sombra era apenas uma coisa tênue e cinzenta em plena luz do dia, destacando-se contra a brancura dos conveses ao agarrar-se em Tammy.

E lá fui eu, completamente suado, ofegante e trêmulo de medo, sentar-me naquele diabinho que gritava e esperneava, lutando como louco, de maneira que pensei que jamais conseguiria contê-lo.

E então escutei o segundo imediato gritar e passos correndo pelo convés. Logo muitas mãos me puxavam e levantavam, para que eu saísse de cima dele.

– Seu maldito covarde! – exclamou alguém.

– Segurem-no! Segurem-no! – gritei. – Ele vai se atirar ao mar!

Com isso, eles pareceram entender que eu não estava maltratando o garoto, pois pararam de me puxar rudemente e permitiram que eu me levantasse, enquanto dois homens seguraram Tammy e o mantiveram em segurança.

– Você sabe o que houve com ele? – o segundo imediato perguntou. – O que aconteceu?

– Acho que ele enlouqueceu – respondi.

– O quê? – insistiu o segundo imediato.

Antes que eu pudesse responder, Tammy parou subitamente de lutar e desabou no convés.

– Ele desmaiou – disse Plummer. Ele me fitou com um ar perplexo e desconfiado. – O que aconteceu? O que ele fez?

– Leve-o para a cabine da popa! – ordenou o segundo imediato, um pouco rispidamente. Percebi que ele desejava evitar perguntas. Deve ter presumido que tínhamos visto algo que seria melhor manter em segredo da tripulação.

Plummer abaixou-se para levantar o menino.

– Não! – O segundo imediato foi incisivo. – Você não, Plummer. O Jessop vai levá-lo. – Virou-se para os outros membros da tripulação e disse: – Não há nada para vocês aqui – disse aos homens, que então se dirigiram para o castelo de proa, resmungando em voz baixa.

Ergui o menino e carreguei-o para a popa.

– Não precisa levá-lo até a cabine – disse o segundo imediato. – Coloque-o no chão da escotilha posterior. Mandei o outro rapaz buscar um pouco de *brandy*.

Assim que o *brandy* chegou, administramos uma dose a Tammy e logo o fizemos recobrar os sentidos. Ele sentou-se, ligeiramente atordoado. Fora isso, parecia calmo e bastante são.

– O que foi? – ele perguntou. Ele viu o segundo imediato. – Eu estive doente, senhor? – perguntou, surpreso.

– Você está bem agora, rapaz – respondeu o segundo imediato. – Apagou por algum tempo. É melhor se deitar e descansar um pouco.

– Estou me sentindo bem agora, senhor – respondeu Tammy. – Não acho que...

– Obedeça a ordem! – interrompeu o segundo. – Não me faça dizer duas vezes! Se eu quiser falar com você, mandarei alguém chamá-lo.

Tammy levantou-se e dirigiu-se de maneira um tanto instável para a cabine. Imagino que ele tenha ficado feliz em poder se deitar.

– E agora, Jessop – disse o segundo imediato, voltando-se para mim –, o que causou isso tudo? Depressa, desembuche!

Comecei a contar o que havia acontecido, mas quase imediatamente ele ergueu a mão.

– Espere um minuto – disse ele. – O vento começou a soprar!

Ele subiu correndo a escada de bombordo e gritou para o sujeito ao leme. Então desceu de novo.

– Braço dianteiro a estibordo! – ele gritou. Virou-se em seguida para mim. – Terá que me contar o restante depois – disse ele.

– Sim, sim, senhor – respondi, indo depois me juntar aos outros camaradas no braço.

Assim que posicionamos as velas a bombordo, ele mandou alguns homens da vigília desfraldá-las. Então me chamou.

– Continue a história agora, Jessop – disse ele.

Contei sobre o grande navio de sombras e disse que eu não tinha mais certeza de que Tammy *tentara* atirar-se ao mar. E isso porque, veja bem, eu finalmente me dera conta de que havia visto a sombra, e lembrei-me da água agitando-se sobre o navio submerso. Mas é claro que o segundo não esperou para ouvir minhas teorias. Ele disparou para a amurada, a fim de ver com seus próprios olhos. Correu para a lateral do navio e olhou para baixo. Eu o segui e permaneci ao lado dele, mas, como a superfície da água estava sendo fustigada pelo vento, não conseguimos enxergar nada.

– Não dá para ver nada – comentou ele, depois de um minuto. – É melhor você sair da amurada antes que outro tripulante o veja. Leve essas adriças à popa, para o cabrestante.

Daí por diante, trabalhamos duro para desfraldar as velas. Quando finalmente soaram os oito sinos, engoli apressadamente meu desjejum e fui dormir.

Ao meio-dia, quando subimos ao convés para a vigília da tarde, corri para a lateral da embarcação, mas não havia sinal do grande navio de sombras. O segundo imediato mandou que eu trabalhasse no tapete durante o turno inteiro e pôs Tammy para cuidar das cordas, me dizendo para ficar de olho no garoto. Mas o menino parecia bem (embora eu duvide disso, agora), apenas estava com um comportamento um pouco incomum: mal abriu a boca a tarde inteira. Então, às quatro horas, descemos para o chá.

Aos quatro sinos, quando voltamos para o convés, descobri que a leve brisa que mantivera o navio navegando durante o dia havia arrefecido e estávamos nos movendo muito pouco. O sol estava baixo e o céu, limpo. Uma ou duas vezes, quando eu olhava para o horizonte, tive a impressão de vislumbrar novamente aquele estranho tremor no ar que havia precedido a chegada da névoa, e, de fato, em duas ocasiões, vi uma tênue bruma subir, aparentemente do mar. Estava a pouca distância da nossa vau a bombordo, fora isso, tudo estava silencioso e tranquilo, e embora eu fitasse constantemente a água, não pude ver nenhum vestígio daquele grande navio de sombras, lá embaixo no mar.

Pouco depois dos seis sinos, ordenaram que todo mundo ajudasse a amainar as velas antes do anoitecer. Então recolhemos as do sobrejoanete, do mastaréu e as três velas baixas. Pouco depois, começou a circular no navio o boato de que, naquela noite, não haveria vigília depois das oito. Isso naturalmente gerou bastante falatório entre os homens, especialmente quando chegou a ordem de que as portas do castelo de proa fossem fechadas e trancadas assim que escurecesse e a proibição de andar pelo convés à noite.

– Quem vai pilotar o leme? – ouvi Plummer perguntar.

– Suponho que teremos de fazê-lo como de costume – respondeu um dos homens. – Mas um dos oficiais deve ficar na popa, então teremos companhia.

Além dessas observações, havia a opinião geral de que, se aquilo fosse verdade, era uma atitude razoável da parte do capitão. Como um dos homens disse:

– Se ficarmos em nossos beliches toda santa noite, é improvável que pela manhã esteja faltando alguém.

Logo depois disso, soaram os oito sinos.

Os piratas fantasmas

No momento em que os oito sinos soaram, eu estava no castelo de proa conversando com quatro homens da outra vigília. Subitamente, ouvi gritos lá longe, na popa e, em seguida, no convés sobre nós ouviu-se o ruído surdo de alguém manejando a barra do cabrestante. Imediatamente eu me virei e corri para a porta a bombordo, juntamente com os quatro homens. Passamos como uma flecha pela porta e disparamos para o convés. Estava anoitecendo, mas isso não me impediu de contemplar uma visão terrível e insólita. Ao longo da amurada a bombordo, havia uma singular e ondulante nuvem cinzenta a bordo espalhando-se pelos conveses. Enquanto eu olhava, percebi que conseguia enxergar mais claramente, de maneira extraordinária. E, de repente, todo aquele cinza ondulante transformou-se em centenas de homens. À meia-luz, eles pareciam irreais e impossíveis, como se fossem habitantes de algum mundo fantástico de sonho. Meu Deus! Achei que havia enlouquecido. Eles caíram sobre nós como uma grande onda de sombras vivas e assassinas. Alguns homens que deviam estar a caminho da popa para a chamada romperam o silêncio da noite com gritos altos e assustadores.

– No topo do mastro! – gritou alguém, mas quando olhei para cima, vi que as criaturas medonhas também pululavam lá, às dezenas.

– Jesus Cristo...! – gritou uma voz de homem, entrecortada, e desviei o olhar do alto para encontrar dois dos homens que haviam deixado comigo o castelo de proa rolando no convés. Eles eram duas massas indistinguíveis que se contorciam pelas tábuas. Os brutamontes os envolviam por completo. Deles vinham pequenos gritos e arquejos abafados, e eu fiquei ali, petrificado, juntamente com os outros dois. Um camarada passou disparado por nós, em direção ao castelo de proa, com dois homens cinzentos em seu encalço e eu os ouvi matá-lo. Os dois que estavam comigo saíram correndo de repente, atravessaram a escotilha de proa e subiram a escada a estibordo para o castelo de proa. Porém, quase no mesmo instante, vi vários homens cinzentos subirem a outra escada para persegui-los. Do castelo de proa sobre mim, escutei os dois homens gritarem, mas logo os gritos cessaram, sufocados por uma ruidosa escaramuça. Ao ouvir isso, virei-me para ver se conseguia fugir. Olhei ao redor, desesperado, e então, com dois saltos, alcancei o chiqueiro e de lá subi para a cabine. Joguei-me no chão e esperei, sem fôlego.

De repente, pareceu-me que estava mais escuro do que antes, e eu ergui a cabeça com muito cuidado. Vi que o navio estava envolto em grandes ondas de névoa, e então, a menos de dois metros de mim, notei alguém deitado de bruços. Era Tammy. Eu me senti mais seguro, então, ao ver que estávamos ocultos pela névoa e rastejei até o garoto. Ele arquejou de terror quando toquei nele, mas quando viu que era eu, começou a soluçar como uma criança.

– Silêncio! – pedi. – Pelo amor de Deus, fique quieto!

Mas eu não precisava ter me preocupado, pois os gritos dos homens sendo assassinados nos conveses à nossa volta abafaram qualquer outro som.

Ajoelhei-me, olhei ao redor e depois para o alto. Lá em cima, pude distinguir vagamente os mastros e as velas, e então, enquanto olhava, percebi que as velas do sobrejoanete e do mastaréu tinham sido desfraldadas e jaziam penduradas pelos briois. Quase no mesmo instante, o terrível clamor dos pobres infelizes nos conveses cessou, e seguiu-se um horripilante silêncio, no qual era possível escutar claramente os soluços de Tammy. Estendi a mão e o sacudi.

– Fique quieto! Fique quieto! – sussurrei intensamente. – ELES vão ouvir!

Ao meu toque e sussurro, ele lutou para ficar em silêncio, e então, sobre mim, vi as seis vergas sendo rapidamente içadas para o topo do mastro. Assim que as velas foram erguidas, escutei o zunido e o estalido de gaxetas sendo jogadas nas vergas inferiores e percebi que as coisas fantasmagóricas estavam trabalhando ali.

Houve um momento de silêncio. Avancei cautelosamente até a extremidade do camarote e olhei para cima. Porém, a névoa não permitia ver nada. Então, às minhas costas, Tammy emitiu um único e repentino gemido de dor e medo, que cessou quase que instantaneamente, como que estrangulado. Levantei-me no meio da névoa e corri de volta para onde eu havia deixado o garoto, mas ele tinha desaparecido. Fiquei atordoado. Tive ganas de gritar como louco. Sobre mim, ouvi o tremular das velas baixas, que também tinham sido desfraldadas da verga. No convés, a tripulação fantasma trabalhava em um silêncio bizarro e desumano. E então veio o som estridente e o retinir de roldanas e braços no alto. Estavam ajustando as velas quadradas para que elas ficassem na perpendicular com a quilha do navio.

Permaneci imóvel. Observei as quadradas e as outras velas se enfunarem de repente. Um instante depois, o convés do camarote onde eu estava inclinou-se bruscamente. Ficou tão íngreme que eu mal conseguia ficar de pé e tive de me agarrar a um dos guinchos de arame. Perguntei-me, aturdido, o que estava acontecendo. Quase de imediato, do convés no lado a bombordo do camarote, ouviu-se um súbito e lancinante grito humano, e imediatamente, de diferentes partes do convés, irromperam de novo horríveis gritos de agonia de homens distintos. A gritaria transformou-se em um intenso clamor que quase fez meu coração parar, e ouviu-se novamente o ruído de uma luta breve e desesperada. Então, uma lufada de vento gélido pareceu trespassar a névoa e pude ver o convés inclinado. Olhei para baixo, em direção à proa. O pau da bujarrona mergulhou diretamente na água e, enquanto eu contemplava aquela cena, a proa desapareceu no mar. O convés do camarote onde eu estava transformou-se em uma parede e eu fiquei balançando no guincho, que agora estava sobre a minha cabeça. Assisti o oceano engolir o castelo de proa e inundar o convés principal, preenchendo as cabines vazias. E ainda, ao meu redor, eu escutava os gritos daqueles marinheiros infelizes. Ouvi algo atingir a quina do camarote sobre mim com um baque surdo, e então vi Plummer mergulhar no turbilhão da enchente. Lembrei que era ele que estava ao leme.

No instante seguinte, a água atingiu meus pés, houve um triste coro de gritos borbulhantes, o bramido das águas, e afundei rapidamente na escuridão. Soltei o guincho e lutei loucamente, tentando prender a respiração. Havia um zumbido ensurdecedor nos meus ouvidos, que aumentava cada vez mais. Abri a boca. Senti que estava morrendo. E então, graças a Deus, cheguei à superfície, ainda respirando! Eu estava cego com a água e agoniado com a falta de ar. Pouco depois, comecei a me sentir melhor, passei a mão nos olhos e então, a menos de trezentas jardas de distância, avistei um grande navio flutuando, quase imóvel. A princípio, eu não consegui acreditar no que eu estava vendo. Então, quando percebi que ainda havia uma chance de sobreviver, comecei a nadar na direção de vocês.

O resto vocês já sabem...

– E você acha que...? – perguntou o capitão, porém, arrependido do que ia falar, interrompeu-se abruptamente.

– Não – respondeu Jessop. – Eu não acho. Eu sei. Nenhum de nós acha. É um fato indiscutível. As pessoas *falam* sobre coisas estranhas que acontecem no mar, mas essa não é uma delas. Essa é uma das coisas *reais*. Todos vocês já viram coisas esquisitas, provavelmente até mais do que eu. É uma possibilidade. Mas elas não são registradas no diário de bordo. Esse tipo de coisa nunca é. Essa também não será registrada, bom, pelo menos, não da forma que realmente ocorreu.

Ele balançou a cabeça lentamente e prosseguiu, dirigindo-se ao capitão, em particular:

– Aposto que o senhor vai registrar o seguinte no diário de bordo: "18 de maio. Latitude E. Longitude O. Meio-dia. Ventos amenos vindos do Sul e do Leste. Avistamos um navio totalmente equipado na proa a estibordo. Tomamos a dianteira da embarcação no primeiro quarto. Sinalizamos, mas não recebemos resposta. Durante a segunda vigília, o navio continuou insistindo firmemente em não se comunicar. Quando soaram os oito sinos, ou próximo disso, observou-se que ele parecia afundar na dianteira e, um minuto depois, o navio naufragou de repente, pela proa, com toda a tripulação. Baixamos um bote e resgatamos um dos homens, um marinheiro de primeira classe de nome Jessop. Ele foi incapaz de dar qualquer explicação da catástrofe".

– E vocês dois – ele fez um gesto para o primeiro e o segundo imediatos – provavelmente vão assinar seus nomes no diário de bordo e eu também, e talvez um de seus marinheiros de primeira classe. E então, quando chegarmos em casa, vão publicar uma matéria sobre isso nos jornais, e as pessoas vão falar sobre os navios inavegáveis. Talvez alguns especialistas falem bobagens sobre rebites e placas defeituosas, e assim por diante.

Ele riu, cinicamente. Então prosseguiu:

– E, pensando bem, ninguém, a não ser a gente mesmo, sabe o que aconteceu de verdade, não é mesmo? Os velhos marujos não contam. Eles são apenas *marinheiros comuns* rudes e bêbados, pobres diabos! Ninguém pensaria em levar a sério o que eles dizem, pois só contam lorotas. Além disso, os sujeitos só falam essas coisas quando estão de fogo. Não o fazem quando estão sóbrios (por medo de serem ridicularizados), mas o fato é que não são responsáveis...

Ele calou-se e olhou para nós.

O capitão e os dois imediatos acenaram firmemente com a cabeça, em silenciosa concordância.

Apêndice

O navio silencioso

Eu sou o terceiro imediato do Sangier, o navio que resgatou Jessop. Ele nos pediu para escrever um breve relato do que vimos com nossos próprios olhos e assiná-lo. O Velho me deixou a cargo da tarefa, pois disse que eu o faria melhor do que ele.

Bem, foi no primeiro quarto que avistamos o navio, o Mortzestus, quero dizer, mas foi na segunda vigília que aquilo aconteceu. O primeiro imediato e eu estávamos na popa, observando-o. Pois bem, nós sinalizamos e ele pareceu fazer pouco caso disso, o que nos pareceu estranho, já que estávamos a trezentas ou quatrocentas jardas da vau a bombordo do navio e a noite estava agradável, de maneira que seria até possível convidar a tripulação para o chá, se os marinheiros do Mortzestus fossem simpáticos. Mas como eles ignoraram os sinais, achamos que eram uns porcos mal-educados e deixamos por isso mesmo, mantendo, porém, a bandeira erguida, em todo caso.

Mesmo assim, não cessamos de observá-lo, e eu me lembro que achei estranho o profundo silêncio do navio. Não podíamos sequer ouvir os sinos soarem. Falei com o primeiro imediato sobre isso e ele me disse que havia notado a mesma coisa.

Então, lá pelos seis sinos, eles amainaram todas as velas, até a do joanete, e posso afirmar que essa atitude fez com que observássemos o navio ainda mais atentamente, como qualquer um pode imaginar. E eu me lembro que, na ocasião, notamos algo singular: era impossível ouvir um único som do navio, sequer quando eles soltaram as adriças, e, veja bem, mesmo sem binóculos, eu podia ver o capitão do navio gritar alguma coisa, mas não conseguimos escutar uma palavra, absolutamente nada, e deveríamos ser capazes de ouvir tudo que ele dissesse.

Então, pouco antes dos oito sinos, ocorreu o que Jessop nos contou. Os nossos imediatos e o capitão disseram que viram homens subindo pela lateral do navio de maneira um pouco indistinta, sabe, porque estava anoitecendo; contudo, eu e o segundo imediato ficamos sem saber se o que tínhamos visto era real ou não. Havia algo estranho no ar, todos nós sentimos isso, e uma espécie de névoa pareceu envolver o navio pelos flancos. Eu senti algo muito esquisito, mas, é claro, não era o tipo de coisa que você sai falando por aí, a menos que tenha certeza do que está dizendo.

Depois que o imediato e o capitão disseram ter visto homens abordando o navio, começamos a ouvir sons vindos dele, muito estranhos a princípio, como o barulho de um fonógrafo acelerado. Em seguida, ouvimos com clareza os ruídos do navio, escutamos a tripulação gritar e berrar, e, bem, nem mesmo agora eu consigo descrever o que eu pensei naquele instante. Foi tudo tão esquisito e confuso.

A próxima coisa de que me lembro era que havia uma bruma espessa ao redor do navio, e então o barulho cessou, como se uma porta houvesse fechado, abafando os ruídos. Mas ainda podíamos ver os mastros, as vergas e as velas despontando sobre aquela névoa. O capitão e o primeiro imediato disseram que viram homens lá no alto, e eu também tive essa impressão; já o segundo imediato não teve tanta certeza assim. De todo modo, um minuto depois, todas as velas foram desfraldadas, e as vergas, ao que parecia, içadas até o topo do mastro. A bruma não nos deixou ver as velas baixas, mas Jessop diz que elas também foram desfraldadas, juntamente com as superiores. Então vimos todas se enfunarem, inclusive as quadradas, embora as nossas estivessem inertes.

O que eu vi em seguida me deixou mais impressionado do que qualquer outra coisa. Os mastros do navio inclinaram-se e então eu vi a popa emergir da névoa que a envolvia. Então, em um instante, pudemos ouvir novamente os sons do navio. E eu lhe digo, aqueles homens não pareciam gritar, mas berrar. A popa ergueu-se ainda mais. Era uma visão extraordinária; logo depois, o navio mergulhou na névoa e afundou de vez, com a proa sendo tragada primeiro pelas águas.

Tudo que Jessop disse é verdade, e quando o vimos nadando (fui eu que o avistou), baixamos um bote o mais rápido possível e remamos como se nossas vidas dependessem disso.

Eu, o capitão e o primeiro e segundo imediatos assinaremos esse relato.

Assinado:
William Nawston, capitão.
J.E.G. Adams, primeiro imediato.
Ed. Brown, segundo imediato.
Jack T. Evan, terceiro imediato.